诗建设

主编 泉子

2022年第二卷

总第32卷

长江出版传媒
长江文艺出版社

U0863034

NO.32

录

焦小健作品
《玉皇飞云》
布面丙烯
185cm×135cm
2021年

诗建设

开卷

Decoil

李曙白

（1949.4—2022.7）

李曙白，曾用笔名黎庶、沙犁。1949年出生于江苏如皋。中国作家协会会员，诗歌丛刊《诗建设》杂志社社长。1968年起插队农村8年，1978年考入浙江大学化工系，毕业后留校工作直至退休。上世纪70年代开始文学创作，出版诗集《穿过雨季》《大野》《夜行列车》《沉默与智慧》《临水报告厅》及其他著作多部。2022年7月26日4时31分在杭州病逝。

李曙白的诗

23首

落　幕

告别那个短暂的陌生的角色
你匆匆走出剧院

每一次演出都不容易
你要同时
面对那些挑剔的目光和你自己

在剧院门口你长舒一口气
走入灯光暧昧的夜色
穿过长街　在一座楼房的第十三层
你有一个晚上

独自疗伤　并且准备
明天的台词

雅典学院

在那里　一群人步入大厅
不是因为服饰和世袭的爵位

在那里手指天空不是罪过
而俯伏在地同样受到尊重

在那里的河床从不干涸
舀一瓢水　有一千条河流可供选择

在那里论辩　像在小商品市场
讨价还价一样理所当然

在那里只臣服于真理
那时候用智慧与坦诚填充时光的空白

在那里——我愿意用余生交换那里的
五分钟　甚至更短

为了在那条宽阔的台阶上
坐一小会儿　然后　永远缄默

孤　岛

帆在哪里　桨在哪里　罗盘和锚在哪里
这早就预置并且获得承诺的一切在哪里

这注定是一个倾覆之夜
被港湾背弃的船　在死亡的边缘
从未畏惧　但却因无休止的漂移而厌倦
宁愿成为一块石头

在空中盘旋　一只海鸟墨色的影子
始终没有降落的迹象

而大海仍在低语：允诺你　允诺你　允诺你
那声音比咆哮还要恐怖　比死寂还要冷酷

经过地下商场

四月犹疑不定
一场没完没了的雨
悠长如一段岁月

睡着的人梦见昨天
滑向深渊的轮子
满载醒着的死亡

时间忙于装修
夜空正在调试

收　获

当我们学会从原野中采集花朵
从一片树林获得果实

当我们不再需要证明秋天
当我们关闭谷仓
把弯下腰捡起一只谷穗当作幸福

当我们把贝壳还给大海　把水还给河流
把姓名还给父母　把一生
还给泥土和吹过草叶上的风

大　寒

斯日无风　无雨　无雪
因此寒冷不是风带来的
不是雨和雪带来的

寒冷来自高处
来自天空无法看透的深邃
来自那空阔中隐藏的
太多的存在　太多的可能

寒冷也来自时间
来自一只挂钟永恒的逼供
来自明天　一条河流上
无端漂流而来的冰凌

寒冷还来自寒冷自己
来自我们体内积蓄已久的
对于寒冷的恐惧

黑　白

把一只黑手套放进黑夜
我们看不出它是黑的

多年后我还发现另一个命题
把一只白手套放进黑夜
我们也看不出它是白的

隔着遥远的岁月看那两只手套
就像看卸妆后的演员
黑与白都只是一层油彩

一粒子弹

一粒子弹在我的身体中　一粒子弹
它在我胸部左侧第三、第四根肋骨之间驻扎
它是如此聪明地选择了
这条柔软的通道　这条没有防御的防线

一粒子弹　当它击中我时　我曾经希望
它能够更加迅捷地到达它试图到达的地点
如今我已经麻木　隐隐的疼痛感和它存在的阴影
我已经能够从容面对

再经过一段时日我可能会把子弹取出
这需要一次手术　也可能永远不会
我更害怕一粒子弹从原路退出时的痛

大　泽

藏蛰龙之大泽
藏虫蚍之大泽

清可濯目之大泽
浊可清心之大泽

我掬大泽之水
五千年的星辰
从指缝间滑落

林边的人

坐在林边的人
聆听风

风带来树叶的碎语
风还带来高处的暖巢中
鸟儿熟睡时的梦呓
带来花朵和果实
交接班的暗号

风告诉林边人的事情
他守口如瓶

看　荷

荷叶田田
荷花就开了

湖边长椅上面
坐着看花的少年

荷叶田田
荷花又谢了

看花的人站起身
已是两鬓霜染

夜坐放鹤亭与林和靖先生小语

先生　今晚
我为梅花而来
熟读了你的疏影
一千年前的那一枝
总在岁岁早春
横斜于我的窗前

今晚　依然有梅花
在你的身旁绽开
几枝红蕊
几枝绿蕊
香气在月光下浮动
可是我总也品不出
当年你手植的韵致

隔湖而望
是城市点亮的灯火
那儿也有我的一盏
在一幢楼房的第四层
静卧着你的诗卷
和一杯清茗

哦　先生
或许你能够教会我
怎样在喧闹的都市中
读懂一枝早梅

那　边

他从那边来。
他带来了那边的气息、风声、夜。
还有一支烟点燃的火光。

他走了。
他说：我已经来过。他说：没有人不走。
走，是迟早的事情。

他回去了。回到那边的气息、风声、夜。
远远的，我只看到一点烟头燃着的光。
静静的、忽明忽暗的光。

青　灯

灯一亮　夜色
就满盈了

千山沉入静寂
沉入无始无终

千山之中　并不是
只有这一盏灯

你想着　木槌
落下　若花之初开

而大局
依然如谜

季节：小雪

雪花　雪花
提着裙了回家

踮着脚尖儿走
踩着麦叶儿走
打着旋儿跳着舞步走
学着蝶儿东飞飞西飞飞
不紧不慢地走

雪花　雪花
提着裙子回家

家在田岸边
家在树梢头

家在竹林中
家在屋顶上
枕着薄瓦睡一冬
醒来看花灯

雪花　雪花
提着裙子回家

有　客

约访的人还没有到
没有约访的人
已落座闲聊

世事无解
且在一杯热茶中
读沉浮清浊

玻璃窗户外面
是东山的那片枣林

村庄与寺院

它们在远处的山间
耀眼的金顶和寺院棕红色的院墙
土黄色的村舍和灰黑色的屋顶
那些高高低低的房宇
毗连成一片　似乎默守着
某种久远的约定
近处是低缓的山坡
更近处是茵绿的草原和在草原上
吃草的牦牛群

看着它们你会觉得在这尘世
神灵和我们和世间万物
各司其职　正在共同做一桩事

花与灯

在甘南的一座寺院中
上师很耐心地给我拨亮一盏灯
后来我走进草原
在一片花海中行走　我看见那盏灯
开放着　和其他的花儿
一起摇曳　一起
为我的远行祝福

深夜的马

正如我所预料的那样
一匹马　一匹枣红马
在午夜平静地出现

为一些必须在晚间办理的事
我正在城市的腹部行走
一抬头就看见了马　枣红马
它从暗处　从楼群的阴影中
迈着碎步走到灯光下面

就这样在寂静的长街
一匹马依偎着我
它的头颅在我胸前磨蹭
它呼出的热气喷吐在我的脸上
它光滑柔顺的鬃毛
在我的手掌下面轻轻滑过

我不知道它来自何处
也不知道它为何与我这样亲近
枣红马　深夜的枣红马
我还要赶自己的路程
即使是如此英俊的马
我也不能为你逗留太久

在下一个路口回头
我看见长街空旷寂寥
没有马　在路灯的照射下
甚至没有一个活动的影子
只是在灯光照不见的深处
我始终无法看清
是什么在幽暗中耸动

给若尔盖下热尔小学的孩子们

你们是这片草原上
最美最美的花儿

你们有理由在每一个早晨
在每一阵吹过的微风中
尽情摇曳　并且相互
在轻轻的碰撞中传递内心的秘密

总有一些时候　星辰
在高处注视着你们
夜空是另一片宽广的草原
星辰就是天空中的花朵

在宁静的夜晚　你们可以
和那些星辰说话
就像和草原上的格桑花说话
和蓝色的风信子说话

而你们的梦　就有花的馨香
和星辰闪烁的神秘

狂　草

一喝酒便醉　一醉
便书法　便狂草

笔走龙蛇　纸惊风沙
无人　包括他自己
能够管束那一管秃毫
时而　覆晴天为暴雨
时而　揽日月于片云

一点　能捅天空一个窟窿
一折　直弯入地府阴曹
一竖　列十万大军
挡不住欲来欲去的路

不供天王老子驱使
懒听行家里手热议

独惧酒醒
人醒来　笔醒来　剩一纸
墨迹　酣醉
如在彼岸的陌路知己

在湖边

当又一个平常的日子
开始，阳光最先照临一片低缓的山坡
然后移向深秋的枫树林

把殷红色、棕红色和金色的树叶
渲染得通亮剔透
移向深蓝色的湖水和水面上
淡淡升起的雾气，移向一座小码头
木质的水上栈道和栏杆
最终停驻在那座乡村教堂的顶端
如同
启示。在我们经历了人世间的
繁华与凋落、幸运与痛苦之后
因为那一束仁慈的光，都画上
完美的句号。而我所站在的一片草地上
霜迹正在渐渐融化

父亲读我的诗集

斜靠在那张旧藤椅上
这是父亲习惯的姿势
在我的记忆中他以这个姿势
读了大半辈子的书
读王维和艾青
读普希金和朗费罗

现在　父亲读我的诗集
他读得很仔细
一页一页地翻过
偶尔停下来　抬一抬手
好像要把什么东西赶走
老花眼镜的镜片后面
一双目光像灼烫的火钳

我悄悄地离开
那一刻我觉得自己就是一个
走进医院因为害怕打针

又悄悄带着病历逃走的孩子
我已经69岁了
但是我从来都不知道
该如何与父亲相处

我把父亲和我的诗集
留在屋内　留在他的藤椅上
留在从落地玻璃窗
斜照下来的薄薄的光芒中

穿过黑夜
——读李曙白的诗

耿占春

由于《诗建设》的机缘，认识李曙白先生已许多年了，他是杂志社几位年轻诗人的一位兄长。在与大家的交谈中，他总是带着沉默的微笑，几乎没有听到他谈论过自己的诗歌。与他谦逊的性格匹配的是显得清癯瘦弱的身影，当我读到李曙白的这些诗作时，我一眼就在文字中重新认出了他——

蛰伏于深山的禅院
山僧步下石级
他看一眼青山
便敲一下手中木鱼

穿过云和雾
响声里的白
（《绝色》）

诗中的山僧理应就是诗人的自我镜像。他置身于友爱的诗友们中间，却带着深山禅院的沉静，在尘世，他神往的是“一张白纸的白/一片雪地的白”。他把白称为“绝色”，或许无意识地阐释了自己名字的意蕴。的确，他的沉默时常让人感到就像“穿过云和雾”的木鱼声里的一片曙白。他的安详如“到来的黄昏/静穆如故人”（《晚景》），他的无言让远离之物在场。他在《简》中写道：“此刻凝神　便一生凝神/当一卷卷竹简堆积如山/一个人坐入空　成石”。此刻凝神的李曙白，恍若翻阅书简寂然如石的山僧。而这一自我镜像并非偶然的笔墨，《青灯》一诗隐现的肖像亦是诗人的一幅自画像：

灯一亮　夜色
就满盈了

千山沉入静寂
沉入无始无终

一种古典心境被奇异地重现或再造。作为一直在大学工作的诗人，守着青灯翻阅简册的山僧显然只是诗人的自我镜像，却也是一种故国的文化意象，似乎沉浸于西湖周围的山林与寺院，山僧禅院石级有如深入诗人内心的古典语言与诗歌镜像。在李曙白这里，一种避世态度仍然连结着一种关怀。在想着木槌落下“若花之初开”之际，他说，“而大局/依然如谜”。在诗人心里，这“大局”超乎尘世历史又与之密切关联。

李曙白的诗内有大局，而这大局体现在谜一般的微末之物中，正如一些重大的主题隐含在童话与歌谣的风格里，他在《晚渡》中写道：

舟子何在？
一豆荚中
睡着小小的豌豆

醒来　醒来
煮一碗苇叶粥
青花细瓷碗
双蝶贴水飞

李曙白先生的诗将一种山僧般的静穆融入歌谣与童话，为沉寂的古典世界意境平添一种孩童般的现世愉悦：“嫩竹篙　点破云水/渡人过河/渡佛上天”。将沉重如山的主题转为轻逸的谣谚式修辞，隐含着艺术与生活的双重秘密。他这样描述《季节：小雪》：“雪花　雪花/提着裙子回家”“七支桃花是我的新娘”。这首《春天里》也犹如一支乡野谣曲：“我的河塘河水干净/我的青麦地麦叶子干净/可是我的岁月积满尘垢/可是我的谷仓积满尘垢”。即使不免带着些忧伤的调子，依然不失其愉悦的歌谣特性。

似乎出于某种意志而非单纯的避世，诗人愿意让他的内心世界停留在一个古典的时刻。在他眼里，而今的《村庄与寺院》仍然保留着它古老的承诺：

它们在远处的山间
耀眼的金顶和寺院棕红色的院墙
土黄色的村舍和灰黑色的屋顶
那些高高低低的房宇
毗连成一片　似乎默守着
某种久远的约定……

草原牛群，寺院山坡，在诗人眼里依然静默如谜："看着它们你会觉得在这尘世/神灵和我们和世间万物　各司其职/正在共同做一桩事"。或许这是一幅早已解体的和谐世界的景象，而在诗人的心灵中，万物依然默守着"某种久远的约定"，依然隐现着精神世界的"大局"。可以说，李曙白诗中呈现的并非纯属客观存在的世界，而是一种世界观。在他的诗歌里，微末之物有如微物之神，万物相互映射，相互照亮。他在《花与灯》中看到万物的一致性：

在甘南的一座寺院中
上师很耐心地给我拨亮一盏灯
后来我走进草原
在一片花海中行走　我看见那盏灯
开放着　和其他的花儿
一起摇曳……

一个欣悦的时刻，一个生命被祝福的时刻，此时此刻，花就是灯，灯=花是一个等式，它是一个具有普遍性的万物同质性的等式：所有事物都是人神共在古老契约的一部分，是它的符号谱系中一个和谐的音节。对李曙白来说，诗歌话语就是回应隐现于当下的精神秩序，在破碎喧嚷的当下诗就像《洞箫》声——

因为这箫声

今晚　世界被分成两部分
一部分是灯光下面
灰色的楼群　行道木　马路和疾驰而去的车流
另一部分是箫声擦亮的事物
它们在空阔的暗夜中像银子一样锃亮

箫声有如另一种灯，它与千山里让夜色满盈的灯，甘南草原上与寺院连为一体的花灯，共同映射着一个万物和谐的世界。对李曙白而言，诗歌就是箫声，让世界分成两部分，在一个急速流逝的世界里，挽留住被诗歌话语“擦亮”的事物，让“它们在空阔的暗夜中像银子一样锃亮”，有如那是得救的部分。

诗人一直在寻找着那份古老契约的暗示与明证，他从深山寺院，从青灯黄卷，从自然事物，寻找着万物各司其职信守契约的证言。诗人亦在古老的遗产中辨认出它的文化符号：“伤口愈合之后　一对硕大的乳房/饱满了远方的夜”。他在黑陶中看到了守护的“母亲”：“黑色因此成为最温柔的颜色”，而生命的“野性在釉光中匍匐”（《黑陶·母亲》）。他在“起始于快乐结束于痛苦”的性与“一块石头的顶端黑色的釉光”中辨认出“父亲”：“我们在坠落中的飞翔/从此写入神圣的法典”（《黑陶·祖根》）；他在《制陶》工艺中勘察性与劳作的含义——

生长椒禾的泥土
生长蒹葭的泥土
谁让我的祖先将一抔泥土
烧化为简单的飞翔

诗人恍若在“炉火炙热”的时刻，跟制陶人一起“抚水而歌”。在诗人看来，圆润如月的陶器不只是一件器物，它也是人与神灵之间的古老缔约：生命不是孤独的，而是参与性的存在，参与到泥土、水与火的陶冶之中；生命通过劳作享有自由，并将一种飞翔能力遗赠给后世。

在李曙白的诗歌中，古典世界的意象乃至前现代社会的生活意象均被赋予了救赎性的力量。在诗人的心念中，不唯姑苏城外的“寒山寺”，异域历史中的“雅典学院”也是精神秩序的符号。他说：“那时候　一群人步入大厅/不是因为服饰和世袭的爵位”，一个业已从历史长河流逝的时刻被赋予了真理性内容，“舀一瓢水 有一千条河流可供选择”，那时候雅典学院的论辩像“小商品市场”里“讨价还价一样理所当然”，“那时候”的心智“只臣服于真理”，因此诗人在向古典世界凝神的时刻说：

在那里——我愿意用余生交换那里的
五分钟　甚至更短

为了在那条宽阔的台阶上
坐一小会儿　然后　永远缄默

一首《雅典学院》清晰表达了诗人心中古典世界的精神秩序，犹如深山禅院的石级象征着另一种文化秩序一样，雅典学院那条宽阔的台阶就是此刻诗人心向往之的精神秩序的象征。与那不可能的“五分钟”相比，现在的时间似乎失去了其精神价值。在李曙白看来，这一秩序也隐现于“乡间”，却往往不过是在《侧身而过》的片刻：

回到乡间　在一座老屋中
坐下　谷子金黄
秋天在窗户外面波动

这时候还有人出门
渐行渐远　身影像一叶帆
从波浪间侧身而过

“回到乡间”隐含着某种时间的可逆性，即返回一个前现代世界的时刻，这是一个“谷子金黄”所显现的富足世界，表征着一种从容的天命观，它让人满足于“也有一些东西/其实你从来都不曾拥有”的状态。“回到乡间”意味着回到一个值得信赖的可以憩息的地方，这歇息却不是完全的停顿，而是参与到季节、劳作、谷物缓慢生长的恒心，李曙白描述了一幅乡村老屋的哲学沉思图像——

十一月是谦卑的一月
一阵风过去　大地

像一只空水碗一样安静
（《侧身而过》）

“乡间”没有雅典学院里的激辩，没有追求真理的那种热情，然而它有着顺天应时的谦卑与安详，空而富足的面貌。在诗人看来，它仍不失为一种理想状态的精神秩序。《秋天的谷穗》再次展现了这一伦理秩序：

在秋天　一枚谷穗饱满时
所有的谷穗都饱满了……

在秋天　一个耕种者的饥饿
让所有的谷穗低下头

这里是万物默守着一个“久远的约定”的重现。在农耕生活逐渐退向现代社会的边缘之际，诗人追忆着农事活动的隐秘意味，它给诗人带来沉思的契机，也带来自由的遐想。在诗人的遐想中，收获意味着，乡村的人们不仅从原野中采集花朵与果实，他们也从农事活动中采集自然循环论的隐喻，他们的思想在无意识中采纳生与死可逆性的隐喻：

当我们关闭谷仓
把弯下腰捡起的一只谷穗当作幸福

谷穗是食物，是消费物，但也是永恒的生命，是种子。当我们把它归还给土地，它就是复活。诗人知道这个隐喻序列：“当我们把贝壳还给大海　把水还给河流/把姓名还给父母　把一生/还给泥土和吹过草叶上的风”，这样的时刻仍然是“收获”。

诗人从自然事物中寻找着生与死的隐喻，寻找着生命的不朽感，和万物的意义。《葵花》就是这一精神秩序的形象之一：

一大片葵花地
一大片在牧草地和远处的山影之间的葵花地
在那些花盘拥挤着碰撞着蔓延而去的方向

太阳沉落

看上去只比一只葵花大了一点点的太阳
让葵花们在每一天
都充溢着使命感的太阳

风吹葵花
一片金色的头颅便时而昂起时而低垂
笨重地起伏着

回到一棵菊科植物
葵花们还没有做好准备

对生命退化为食物链上的哺乳动物，诗人也没有这样的准备。从表象看来，李曙白在诗中塑造了一种退隐式的自我，和一种过去时代农事诗和乡村想象，这一形象并非单纯的避世，而是出于对生活世界失序状况的忧虑。对农事诗的颂扬缘于他看见了《沉默的一群》，那个建造了城市的农民和小商贩的世界；他《在夜行列车上远望一座城市》，思虑着“需要多深的黑暗/才能将这些影子完全掩没？”他看见那些在黑夜里“保持沉默的人已经丧失语言”，生活陷入了虚无，“能够载入历史的事件/没有一桩会在今夜发生”（《所有关于永恒的尝试都将成为笑柄》）。诗人对农事诗的遐想隐含着温和的批判，他退隐式的自我预设，亦预先降低了主体的扩展所带来的生命苦痛。“风云浩荡　江山是一个太大的词　我只是/无数蝼蚁中的一只”（《我对所有排列整齐的队伍都怀有恐惧》），由此诗人也避开了现代社会对生命的界定。他在《档案》里看见，一只蝴蝶被“隐形的针”所固定，让“翅膀”距离天空“和一片草地上的野花/有不可理喻的遥远”，那根针取消了生命的飞翔意志，“当我从你的骨殖中发现那根针/金色的　像真理一样锃亮”。它们，是农事诗的反面，是人们无法挣脱的现世。

诗人在《悲伤书》中写道，如果良知已消失，“我们该为谁悲伤？”

在古老的汉语中　悲伤是一个崇高的
词语　我已经不敢成为悲伤者

为死者？诗人问道，可他们已被迅速遗忘。诗人关切的是死亡的伦理意义，即生与死、逝者与幸存之间的伦理关系，在诗人看来，幸存者背负着的是一笔尚未偿还的《债》——

他们替我们死了
但是我们并没有
替他们活着

无论亡故的“有多少人？”诗人确认的是，“数字一经涂涂改改/就隐藏有生者的卑污”。在诗人充满伦理关切的目光中，逝者“没有闭上的眼睛”，它总在“等候我们”，等候我们偿还社会伦理的债务。

在李曙白心中，而今的历史世界，就像故乡小迁河不知其源与流。“当我手中冰凉的竹篙/薄冰凝结又融化　融化又凝结/像一支蜡烛　我知道这个冬天/我无法握紧自己的命运”。他深深叹息，生命有如“一个被放逐于人世的灵魂/一个还未命名就已经被删除的名字”，如河流中的水草，如“在水上漂泊”的船只，不知其所终。“我想起那支竹篙”如冰凌一般“在我手中融化时彻骨的寒冷”。曾几何时，那还是“点破云水”的嫩竹篙，“渡人过河/渡佛上天”的一支嫩竹篙。

诗人在忧思中尝试着以遐想超越自身，如果不能把握命运也要去理解它的偶然性与普遍性。围绕着《河边墓地》，诗人沉思着这一命运——

那时候我以为我的一生
将在那个被称作南高桥的村子里
终了　我以为河边的那块墓地
未来会有一小块
属于我的隆起　就像那些
在我之前已经抢先占据了
前排座位的观众……

诗人写到偶然的命运使其离开了南高桥，然而生与死的结构无论在何处都无法改写。如《林中》所看到，“我们都已经接近那个神秘通道的入口”，在“一枚果实落下”洒下“落叶和光芒”的时刻，“因为前后的差异没有相遇的两个人/他们走在同一条山路上”。由诗人的农事诗所洞见，我们的生命错失的是自然的隐喻，一种与谷物、果实、落叶，与土地、河流的“孕育”能力相关的生命隐喻。这幅生与死的图像与隐喻处于诗人乡村哲思或遐想的隐秘核心。

诗人在《死亡是一场大雪》里反复书写着“无边无际的白”覆盖了一切，他的域外所见《新英格兰的乡村墓地》亦是这一普遍命运的形象：白色墓碑静穆地站立着，“我希望我也成为/一块安静的白色的石头”。在他的语义光谱中，白色是他心仪的“绝色”。“荣耀、财富、诽谤和嘲讽”和“债务的无穷无尽的争吵”“一场大雪覆盖一切”——

雪地上的足印　我们的
从未消褪　也从未更加清晰

李曙白诗中的遐想克服了有限性，而他诗中的沉思却在同时深陷有限性体验，诗人描述了“比死寂还要冷酷”的遗弃状态（《孤岛》），唯在黑暗里写诗是诗人“独自疗伤”（《落幕》）的个人仪式。他把这一体验付诸这样的形象：“一个雕刻塑像的人/在晚年雕刻墓碑”“塑像走进纪念馆/墓碑在野地里站着”（《雕刻》）。李曙白表达在诗篇中的沉思残酷而真诚，它是仁慈和勇气的合金。我们每个人都处在“孤岛”状态，而在虚无袭来的时刻，一个诗人总需要发现个人的救赎仪式：

你把梯子搬到场院中央
你喊：葵花呀，葵花！

马停止嚼草，从食槽中抬起头
飞过的鹰施舍了一根羽毛

你把梯子搬到场院中央
你不知道能攀登到哪儿

葵花生长，大片大片的金黄

鹰的羽毛还在空中飘着……
（《虚无》）

从忧思转向遐想，这首诗就像是诗人发明的某种救赎性仪式，诗中的行为描述犹如一种法事活动场景，然而做法者仿佛已失去法力。他呼召作为某种精神力量或精神秩序的向日葵，体现自由精神的奔马和高翔的鹰，然而虚无感改变了曾经的一切。在另一首诗里，诗人似乎看到，“向南走　鹰的飞程越来越低”“干涸的河流像一道浅浅的划痕/一只水罐保持着取水时的倾斜”（《南方以南》），生命的象征变成衰亡的迹象，连仰望星空的时刻也在失去精神效力：

一帖古老的方剂
早已经被稀释成虚空
（《星空》）

他想到《那边》，人类一种普遍的命运。面对必然性的沉思是凝重的，诗人适时地转向自由的遐想，“当帆从云影的合围中醒来/当花瓣在重新集结时醒来”——

一个国王的梦是建造两座桥
一座通往彼岸
另外一座
保证他从彼岸回来
（《醒来》）

诗人就是那位国王吗？就像童话中一样，这样的国王需要能工巧匠，可是，诗人心中只有一位失去法力的巫师。他说：“风带走了道路。……一个盲眼人坐在风中，他说，风带走了声音”（《风过原野》）。此刻的寒冷、暮色是一种经验也是一个隐喻，山中的“寂静与寒冷”扩展着，一切生灵渐渐“融入暮色”，而“石壁前的老人渐渐/沉入那块石头”（《石壁前的老人》）。在深陷有限性体验之际，诗人的生命中出现了众多的文化角色，他们从各自的传统中汲取其精神能量，借助自由意志的遐想，以抵御“来自我们体内积蓄已久的/对于寒冷的恐惧”（《大寒》）。

进入暮年的诗人拥有了转换多重角色、多重自我的内在力量，他也乐于用出自切身之痛的修辞，以使关于生命的沉思发生遐想的转义，“告别那个短暂的陌生的角色/你匆匆走出剧院”（《落幕》）。对生命的意义而言，“剧院”比医院更为内在。在《一粒子弹》里，诗人把病痛理解为一种普遍性经验，把病灶和痼疾视为射进体内的子弹：“一粒子弹　当它击中我时　我曾经希望/它能够更加迅捷地到达它试图到达的地点/如今我已经麻木　隐隐的疼痛感和它存在的阴影”，就像是一个寓言，“我更害怕一粒子弹从原路退出时的痛”。可贵的生命勇气一直伴随着诗人：

月亮寂静的刀
切割大荒原

每一次手术
都有完美无瑕的伤口

我们才得以从创痛
进入审美
（《车行科罗拉多高原》）

我愿意沉吟诗人的这些生命之歌，分享他在痛苦中结晶的智慧：生命并不完美，但每次手术都有“完美无瑕的伤口”，它让我们“从创痛进入完美”。自由意志的遐想真切地融进生命的忧思，在这些诗篇里，他沉思着什么是“存在”：“一个人因为另外一个人的生而死去”（《存在》）。他确信，应该区分活着和存在：“生者活着/但是死者存在”。存在的信念并非基于经验的验证，而是绝境中的信心：“在一块岩石上面种草的人/他更相信石头内部的绿”。李曙白诗歌的可贵之处在于，让真诚的沉思中有自由遐想的一席之地，并处在生命沉思的核心。

在存在的时刻，在病痛的时刻，诗人意识到连暮色与寒冷的感受亦是不可剥夺的经验主权，黑夜的体验被诗人赋予一种主权，即“我的夜”——

一个秘密来到我们中间的使者

我已经不需要弄清楚她带来了什么
（《夜晚的绣球花》）

更多的诗歌瞬间出现在夜晚，夜的隐喻不只是“寒冷的恐惧”，夜带来久违的启迪，夜是自由遐思的时刻，他这样书写着夜——

让夜回到黑暗　让穿过我们的河流
只有古老的星辰流淌　让我们仰望夜空时
对那些神秘的谶语保持敬畏与虔诚
（《斯夜》）

在仰望夜空的时刻，听懂星辰的语言，有限的生命是与宇宙的无限性密切相关的。由此诗人感觉到，“在没有灯的晚上/唯一的门朝向我们打开”。固然在某些时刻，生命的愿望与顽强的意志也会受到挑战，“ 个曾经为必须寻找火种的人/现在正在试图吹灭大地上的灯”（《必须》）。但不论李曙白在诗歌中表现出虚无还是确信，是痛苦的忧思还是自由的遐想，他的诗篇都透出可贵的真诚，吟诵他的诗带给人的是仁爱与勇气。而诗人就是那位“提灯的人”，他曾点燃甘南草原上的《花与灯》，点燃让夜色满盈的《青灯》，他点燃的是语言之灯，他为我们迎来的是自由遐思中被诗歌祝福的曙白：

夜色黝暗　我们看不见提灯的人
只看见一盏移动的灯

提灯的人和更加黝暗的山冈连成一体
和村庄与麦地连成一体
和一座石桥以及它的历史连成一体

提灯的人来自夜
他知道即使已经有一盏灯
他还是夜的一部分

他用这一盏灯
为夜实施剖腹产

倾听意义的意志
——李曙白诗歌读札

纳兰

诗是一种什么样的存在？对李曙白而言，诗是“用智慧与坦诚填充时光的空白”（《雅典学院》），还是为他保存着的安慰和滋补剂，并凸显他的一个“孤岛”般的存在；他是一个净化的人，一个通过诗来进行净化的人，他希望通过诗学美学的净化手段使自我摆脱衰败和堕落的状态。就像铁匠铺的铁匠一样，他的净化是“那些用旧了的、损伤了的、缺胳膊少腿的/到这儿回炉　火烧锻打/又成为锃亮的刀、开刃的斧、锋利的矛”如此般的现象学还原。读李曙白的诗，他带给读者最深切的感受就是，他扮演着一个清醒的精神分析师角色，将自我与社会当作分析和诊疗的对象客体，诗就是他在“自我寻求”的诊疗过程之中所收获、记录的一份“精神分析案卷”。之所以这么说，是因为诗人李曙白拥有一种对真理之爱和真理意识，一种对真理的刺激和痛苦的敏感，他对心理上的刺激和洞察真理的程度，导致他几乎可以将对真理和意义的感知化为心理学的感知和认识。“这恰如一切诗人品质生来便有心理学的兴趣。心理分析追溯个别人的童年，这同时也是追溯人的童年，追溯原始和神话。”（托马斯·曼《多难而伟大的十九世纪》）

一、隐退的主体

在李曙白的诗中，主体是退隐的、消解的，《提灯的人》这首诗，就是例证，它有种“在一个野蛮的世界中实践微妙”（罗兰·巴特语）之感。仿佛人作为一个感受性主体，成为了一个被排除在事物之外的“姿势”，一如他说：“夜色黝暗　我们看不见提灯的人/只看见一盏移动的灯”，在只见“移动的灯”而“看不见提灯的人”的表述下，似乎是另一种意义上的“空山”。它不是但闻人语，而是一种可见性，一种被光所照亮、被光所填满的生命状态和内在空间。他是重新找到一些通向世界的事物的途径，是一个无限的敞开的、一个不设防的个体，一个对世界的感觉主义者。主体不再是一个受苦者和行动者，而是一个受苦者和感受者。他感受到的提灯人，不再是一个异化的、病态的、自我彰显的主体，他遵从感觉的逻辑、自然的秩序，并顺服于内心的召唤，他要和“黝暗的山冈”“村庄与麦地”“一座石桥以及它的历史”连成一体。人不再是万物的主宰，而是在一种新的“连成一体”的行为模式中，回归一种世界和事物作为一种母体的心灵的和谐状态。换言之，他与事物连成一体，即为心灵重新找到母体和皈依。这是主体和心灵的去处，诗没有止步于此，又开始了溯源，诗人说“提灯的人来自夜”。人与万般事物连成一体，但人与灯是断裂的，人不是一盏灯的一部分，而是“夜的一部分”，人不是可见的一部分，而是不可见的一部分。一种悲凉意味，油然而生。但诗人给出了救赎之道，那就是“为夜实施剖腹产”，　盏灯则成为了助产的手术工具。夜产下的该是一个“光明之子”。在经过一种自我的精神分析、诗人完成了一次对潜意识领域的探索、将看不见的“提灯的人”转化为一位可见的实施剖腹产的“他”，消除了一种“嫌介与疑似”之间的模糊状态，意义得以清晰地呈现。这说明主体因无意义而隐，因诗的修辞和意义实践而显。“提灯的人”，让人思索，究竟意义是在灯，还是在人的问题。通过李曙白的这首诗，里面有一种从灯到人的意义的转移，人是意义的发现者、追寻者，也是意义的制造者和捕获者。从李曙白的诗中，能够体现一种倾听意义的意志和自我的寻求。对意义的辨识和表述常常由诗人的写作来体现，李曙白的诗，在意义的表述或实践微妙的过程中，将一种时代焦虑和痛苦通过自我的剖析，或者说是将痛苦精确化地描述来将其转变为一种可以分享的意义体验，因为一种不能分享的意义体验极其可能被视为一种精神分析学中的神经官能症的表征。在对不能表达的事物或感受的表达之中，获得内心的疗愈，读到他的“独自疗伤　并且准备/明天的台词”的诗句（《落幕》），使人觉得今日的言说或表达疗愈过去的“我”，而“明天的台词”，则为疗愈现在的“我”，诗，或许就是药物的替代，疗愈自我的技术。

从他的《标本》《孤岛》《沉默》等诗作之中，也能看到隐退的主体，呈现出一种无我之境。《标本》中有“落叶以自己的衰败/掩盖整座山林的腐朽”的诗句，诗中的衰败、腐朽、截肢等词，营造出了一种事物的衰败与语言的衰败相等值的意义衰减的趋势，可以说李曙白的诗歌，反映了一种文化的无助、美学的吸引和“寻找宣誓忠诚的右臂”的仪式的诱惑。在诗的结尾“多年之前被捕获执行过死刑的蝴蝶”激起了一种道德恐慌，“由一册活页夹挽救了美丽”，激起的则是美学希望。《孤岛》之诗中，描述的是“一只海鸟墨色的影子/始终没有降落的迹象”，这是一个悬浮状的孤岛；从另一首诗《锤》中，我们能看到相似的表达，诗人这样写道：“一片云的阴影/在大地上古老的咒语一样巡游”。我们依然是“空山不见人”，或者准确点说是“孤岛不见人”。诗人在问询“帆在哪里　桨在哪里　罗盘和锚在哪里/这早就预置并且获得承诺的一切在哪里”，但是没有回答。诗人似乎陷入了一种“被港湾背弃的船　在死亡的边缘”的困境。然而，我们渴望寻找到脱困的方式。我们既能被“大地上古老的咒语”所施魅，也同样能被一种诗的语言、启示性的语言所“祛魅”。脱困之道、疗愈之法或诗学的慰藉，则在于重新获得一种语言的救赎，它需要一种神圣性的秘传知识和恢复一种象征交换的秩序法则。

对于李曙白来说，主体的隐退，就是他说的：“我只是/无数蝼蚁中的一只”（《我对所有排列整齐的队伍都怀有恐惧》）。他没有陷入到共同世界、前人世界或后人世界的文化历史背景之中，他只是一个素朴的感伤的个体。他的换算法则是“有时候是无数双铁靴/像一双铁靴/有时候是一双铁靴/像无数双铁靴”，一与多之间是一种这样的等价关系：在消除了差异性之后的多，即一；在无限背离相似性的一，即多。李曙白在《沉默的一群》中写道：“这沉默的一群/这桥墩和中心广场上雕像的基座/一样/沉默的一群”，这“沉默的一群”，实则也是“无数蝼蚁中的一只”，因为一即是多，“一双铁靴/像无数双铁靴”。

其实也可以将这首《沉默的一群》与《提灯的人》的诗做一个比较性的阅读。

他们散落在这座城市
在一幢幢板着相同面孔的楼群深处
在树荫深处
在淡黄色的街灯和霓虹灯灯光的深处
在早点铺的嘈杂和菜市场

讨价还价声喧闹的深处
（《沉默的一群》）

提灯的人和更加黝暗的山冈连成一体
和村庄与麦地连成一体
和一座石桥以及它的历史连成一体
（《提灯的人》）

两首诗之间既有某种相似性，也有极强的差异性。差异性体现在两首诗之间，构成了一种属灵与属世生活的冲突，或者说是现代性秩序与灵知秩序的张力。如果说“提灯的人”是“复得返自然”的话，那么《沉默的一群》中的“他们”则是以冰冷、坚硬，让人感觉不到生命气息的城市背景来生活，用李曙白的诗来描述，即“一幢幢板着相同面孔的楼群”“城市是一块正在腐烂的石头/信用卡透支未来的星空”（《月全食》），这样的城市生活无疑加深着一种无法消减的焦虑感和缓释的孤独感。现代城市的车水马龙、霓虹闪烁、人来人往，它可以安顿此身，却无以安顿此心。这是一种世俗时代的世俗主义之乐的生活，它提醒诗人正在远离自然灵性和丧失着神圣感。“提灯的人”，显然是与世俗反向的一种智识的生活。似乎李曙白在《提灯的人》中遭受着一种属灵与属世生活的冲突。在这种冲突之外，属灵的智识的生活，返魅的生活，似乎更是一种经过省察值得一过的生活。对诗人来说，属灵生活就像是一桩体己的私务，正如沃格林所说：“属灵者是那些通过智慧与爱在生命中实现自身人类存在完整性的人”。两首诗的相似性体现在，都是一种融入的姿态，前者是对城市生活的融入，那是与喧闹和嘈杂的深处，后者是与自然的联结，回到大地的母体。或者可以这么说，李曙白诗中的主体性的隐退，是一种对支撑主体的基础的失望，同时也伴随着一种对新的栖身之所的寻求，“他们在建造/另外一座城市”，这不仅是对新天新地的寻求，也是一种寻求意义的强力意志。

李曙白的《醒来》一诗，也颇为特别。可将其与《沉默的一群》《提灯的人》等诗进行一次合并同类项。如果说“连成一体”意味着一种主体的隐退的话，那么“醒来”，可说是“主体的觉醒”。主体的隐退或许包含着一种不得已而为之，但是主体的觉醒就是一种与“从梦中醒来却被人死死按住不得不/继续做下去”（《长春溥仪寝宫》）的一种反抗，这是一个非政治人物的反思，他与瑞典诗人特朗斯特罗姆的“醒，就是从梦里往外跳伞”构成了一种张力。回到他的《醒来》之诗，诗中连续用了四个“当……醒来”的句式，万物都在醒来，隐退的主体也不例外。“当帆从云影的合围中醒来”，这意味着“帆”从醒来中获得了一种主体的积极自由。诗人在尾段，“一个国王的梦是建造两座桥”，他没有在“上升的路和下沉的路是同一条”的哲学之魅语中沉浸，而是要“两座桥”，保证能从彼岸打个来回。因为，“归来才成为一道光”（《归来》）。

二、语言的救赎

作为一个诗人，他相信语言。说出一种不被磨损的话语，就好像利用象征交换的诗学修辞学来换回了一个不被磨损的“肉身”，言语行为成功之后是纯粹属灵意义上的肉身成圣。沉默式的救赎，稍显被动，因为，“保持沉默的人已经丧失语言”（《在夜行列车上远望一座城市》）。而语言，“先知般的启示与立法的话语”是另一种救赎。

李曙白有这样的诗句：

“大雨像誓词一样不可阻拦”（《所有关于永恒的尝试都将成为笑柄》）

“对那些神秘的谶语保持敬畏与虔诚”（《斯夜》）

“在大地上古老的咒语一样巡游”（《锤》）

从他的这三句诗里，我们可以提取“誓词”“谶语”“咒语”这样几个关键词。这样的词语的蛛丝马迹透露的是一种对原始语言或纯语言的追寻，对语言力量的信任，对一种意义较为明晰的集体象征图示的期待，或者是对一种与“圣言”相关的意义参照体系的渴望，对一种能够被普遍分享的意义实践的推许。他渴望用“誓词”“谶语”“咒语”所携带的精神力量来唤醒思想的僵尸和慰藉观念的“荒凉”重建对语言的信任，就是重新倾听先知、预言家和圣人。

的确，李曙白的诗给人的印象是清浅直白的，还有一种黝暗的色调。但这是另一种意义上的“凿壁偷光”，貌似一个三棱镜，折射着多种语义系列。李曙白喜欢不经意间将人与社会间的错位和撕裂感，价值行为与我们时代状况之间的距离揭示出来，借以对内在经验进行别样的描述，完成属于他个人的一种诗的修辞和意义实践。李曙白对语言的救赎作用的信任，不是体现在修辞的繁复性曲折感上，而是建立在对日常语言的普通的用法上，但总能在貌似轻描淡写的时刻对经验进行出人意料的深描，唤起人们注意那些习焉不察的语义差异。

在《石头剪子布》这首诗中，他说“最简单的循环　所有的法则/都是因为游戏而产生”，使我想到诗也是遵守循环与法则的游戏，一种简单的循环，词语的循环。人何尝不是作为一个意义主体面对着周遭世界，就像面对着“石头的世界”而伸出自己的“剪刀的手指”，就在石头和剪子的彼此对峙之中，不确定的意义从而旁逸斜出。然而这一切，一切象征交换法则，一切隐喻中的美和真理的拯救或治愈，语言的救赎与其说它们发生在事实领域，不如说发生在意义与价值领域，发生在修辞方式之中。

三、意义的倾听

社会学家舒茨说：“如此一来，我所面对的不再是一个已形成的完备的世界，而是一个只在自我的意识流中构成且不断重新构成的世界；这不是一个已构成的世界，而是在我的生命流程中才构成，且不断在重新构成的世界；不是一个一成不变的世界，而是一个在每个当下不断生成变新、流逝甚或是反生成的世界。我藉由我的反省的观照而觉察到种种赋予意义的意向活动，因而世界对我来说才具有意义。”诗人，无疑也是一个体会、经验和把握社会世界意义的构成的人。诗人遵循着另外一种诗学能量守恒定律，将对世界的感受内化为一种修辞的能量形式。

李曙白恍如听到《钟》所敲响的意义——

山洪冲毁寺庙时
大钟被埋进废墟

撞钟人听见
钟声还在响

撞钟人不信
他坐下来仔细听
钟声真的在响　在倒塌的大墙
一堆废砖残瓦中

像昨天一样响
像前天一样响

于是　撞钟人知道
那口钟
从来都不是他撞响的

维克多·弗兰克尔在《追求意义的意志》中说："以发现生命中的意义的三个主要途径。第一个是从他的创造来说他所给予这个世界的；第二个是从会心和体验来说他从这个世界所获取的；第三个则是，假如他必须面对他无法改变的命运，他对于困境所采取的态度。"也就是创造、体验和态度的价值。具体到《钟》这首诗来说，它同时体现了这三种价值。李曙白创造了这首诗，是词语之钟，也是"被埋进废墟"的受难之钟；"钟声真的在响"，这是诗人的体验价值；"他坐下来仔细听"，则体现了诗人的态度价值。这是他对意义的倾听。存在着生命意义，诗人是具有实现这个意义的自由。在个人的修辞活动中，意义是感知力及其修辞比兴的生成物。诗人成了一位看不见的倾听者，他在倾听一个无人撞响的钟声。

这种对钟声的倾听，实际上是一种对"意义"的倾听。他在《青石谷》中有这样两句诗：

在青石谷　反复被放牧的羊群
对狼影迟钝　但对鞭声保持着警觉

倾听语言，到达洁净的源泉。只有此时，才能听见语言说话。言词是被无数的亡灵使用过的事物，应该用内心体察，言辞是已在先得经验，是已被命名过的经验，是曾经存在过的人的经验的遗产。李曙白的"对鞭声保持着警觉"之感，恰是一种用心体察。一首《青石谷》诗，就成了诗人与语言——以及语言中的"鞭声"——之间的一次呼应与合作，是存在者与不在场者之间的一次虚构的对话。"鞭声"在亲切地召唤我的心灵，也在严厉地斥责我的心灵。诗人的语词，带我们回到了一种感性经验之源。

在《台风过境》中，"遁入空门的人开始筹划/开垦一块地养活未来的读经声”，这次从“鞭声”切换到了“读经声”。在李曙白这里，请注意，他养活的对象是一种“诵经”的声音，这是一种启示性的话语，神圣性的话语，同时也是一种救赎性的话语。

寒山寺

没有人相信这是冬天
雪在瓦顶上堆积　我们对寒冷已经失去知觉

读经声经过加工
悦耳如鸟鸣
空与寂　这是早已过时的佛境
万树舞蹈　万树如得道的精灵般舞蹈

进山人的脚步地动山摇时
大佛压倒了修行的庙

李曙白的《寒山寺》也是一首觉悟之诗，他将日常经验与事物变成一种隐喻认知，把生活经验变成一种意义模式来加以倾听和验证。“对寒冷已经失去知觉”，不仅仅是体感的弱化和衰减，它还意味着对世界的感觉转移回感觉世界。从“万树舞蹈　万树如得道的精灵般舞蹈”的顿悟般的诗句中，诗人体会到一种灵性的愉悦。诗人李曙白有“空与寂　这是早已过时的佛境”的超脱之境界，因此，他可以转离一切世界境界，生欢喜。

诗学能够带来的救赎信息。或许，李曙白通过主体的隐与显，语言的救赎和意义的倾听，来具体实践着一种作为广义的救赎诗学，即一种对个人或人类苦痛的命名和救赎。显然，李曙白也已经“从创痛进入审美”。

焦小健作品
《从杭州到上海》
布面丙烯
100cm×70cm
2021年

诗选

Selected Poems

柏桦

书与鱼·7首

度光阴的人

——致万夏

活着度过一生
是件不容易的事情
花开在树上
树下的人在香气中想死
——万夏：《度光阴的人》

天色晚了，易想到什么……
缺了诗集就少了夜色
但终于有一个人适合在
监狱里读《物种起源》，
他两年读了两百遍。

读过，也是为了度过……
度过光阴去，人和人不同
有人伐木或捕鱼过一生……
有人研究心脏或地理过一生……
你倒数着剩下的三个字过一生[①]

什么字？我不说。
年年我什么都不说，只印书。
什么事？我爱做，
年年我在家里开办菊花宴。
行行有真意，欲辨已忘言——

人的灵魂真只有一克重吗？[②]
秋天，北京；三月，纽约
今夕是何夕，此地是何地
月食之夜有白马闪过呀！[③]
唯锦官城永远失去了你……

①②③：“倒数着剩下的三个字”、“人的灵魂只有一克重”、“月食之夜有白马闪过”皆出自万夏2020年出版的诗集《孤寂美丽的花园》。

诗　性

世界已经有了一千亿首诗
它还会期待一千亿零一首

我不敢相信炼字五十年后
他还会写出这么糟的诗句

眼睛要鼓起来吗？伊利亚，
敖德萨已停止了舞动臀部

她不是要原谅，是要吃惊
你做爱后的呼吸如同复活

鲤鱼让我站起来想触摸什么

黑风吹天激电闪过
那鲤鱼无所逃于江湖之间
大祸临头了

鲤鱼，奇妙的鲤鱼
活蹦乱跳，逆流而上的鲤鱼
一跃后，来到菜板上待宰

它的眼睛一眨不眨
它的宁静一动不动
它的鳃在大口呼吸

鲤鱼并不盲目
命运并不盲目
人也并不盲目

神呀！请告诉我
为什么偏偏是鲤鱼
让我站起来想触摸什么？

父与子

半夜开始感觉到凉意时，父亲突然把我紧抱在怀里，然后抽抽噎噎地哭了起来。面颊上感觉到他的气息和泪水，我不由自主地做出退缩，甚至拒绝的动作。……和所有小孩一样，我认为一个男子汉是不应该哭的，身为父亲更应该进退有据，做一个尊严和智慧的楷模。……

——程抱一《天一言》，联经出版事业公司，2001，第19-20页

攀登！
峨眉山深夜月亮下的树木
看上去真像一些土星上奇异的生物
他看疯了……

六十七年后的一天深夜，
在巴黎拉丁区一条无人的小巷
他回忆起当时接下来的一幕——
（一种永恒感袭来！）

三十二岁的父亲怎么哭了
十一岁的我怎么突然生气了
我甚至还产生了一个奇怪的感觉
会不会是我生下了我的父亲？

（这应该是我长大了后的感觉吧）
“我还会活多少年？”抱紧他，儿子
让我们一代代的父亲从峨眉山的拥抱中
直哭到大城，哭到世界……

读托尔斯泰日记并吃蛇

一

嗓音如夏天，日记干爽宜人
“儿子的进步也是俄国的进步。”

这进步会有多快？托尔斯泰
全在你我心头的一念——

“1858年9月19日：
很愉快。决定了，应当爱、应当劳动！”

“1858年9月20日：
很累。不想爱了，也不想劳动了。”

二

雷克雅未克秘闻
傍晚是蛇的爱情

某个属蛇的四川诗人
用手指夹香烟，旋转，来算命
这在女人堆中大受欢迎

“然而，权威们都承认：
上帝是圆的。”

然而阿特伍德，吃蛇

青　烟

城市人生好明亮
万千腊肉挂高窗
这是儿童文学吗？
碧绿碧绿的小虫
“孩子们紧抱着书包
对美丽格外小心”
是的，顾城，“是
灯？怎么不怕风？”
还好你有个信念
“我将重临这个世界
我是一道光线
也是一缕青烟”

美

——赠杨键

美是难的，美是苦的
是的，希腊何须人去遥说
今天，我们有黑碗和黑鞋

美不稀罕，美很平常
这不，小镇的美，被你发觉
“听诊器挂在石灰墙上……”

美可怕吗？你想一想
大槐树被一阵狂风吹倒
鬼魂开始出没于井边

而美最终是反的——
人人都有这样的观感
乌云下的树不可能黑，更亮

黄纪云

万古愁·4首

煤油灯

靠近语言的煤油灯
语言却无法靠近

煽动身体造反的“第三者”
如今，和变形的玻璃窗一样安静

不敢回望的
废墟，睁着救赎的眼

楼梯如舌头伸出带齿痕的那部分
把声音踩死。不能惊醒她的白天也会梦见

她的祖父的老祖母
——为此，老人家革了一辈子的命

黑暗不是药。呼吸急促
也不是因为灯火如钓钩似的晃动

可谁又想到，四十年后那被拯救的恰是
世代重复的老调——小心火烛，天干物燥

至于爱情
除了——关门关窗，防偷防盗，还能说什么呢

雪和下雪

雪是具体的
——当然
离“白茫茫大地真干净”
还相差一部《红楼梦》
下雪。则高度抽象
开始只是在视觉图像里出现一些
不安稳的点或片段
像热锅上的蚂蚁
像大熊猫在动物园里荡秋千
荡着荡着，就像太极图里的黑鱼白鱼
你再也无法改变你的姿态
——至于脑死亡
那是语言的难民。难民的
语言。无关洁与不洁
长堤一痕。炉火正旺。“不是一个，而是
一打的力量
都在反对我。我是什么？”
娘子，无需为生存寻找新的借口
无论“做稳”抑或“通往”
在设定的剧情里，除了高铁，就是膝盖、肚皮

低矮的黄昏
（忽然想起武大郎和他的烧饼。
不知为什么！）
天空。如灰犀牛贴着西门庆的生药铺
断桥结痂
“十景病”，却不停地发作
非市场化的西湖
发行指数竟超过地域改变月经的“金山寺”
哦，唯卢布喘定
颜色排斥。喜剧悲剧。谁在“颐指气使”
词语自虐。游戏不守信
谁在斗天斗地斗墙脚
除非你承认你是曾经的“第三者”
——不，背叛者（其实，这也没有什么

一部恋爱史，
和一部“春秋战国史”又有什么不同？）
落花返树。引迷入悟。烈火烹油。
不过，此刻，我需要“红花一扫光”
将此心从她的子宫里泻出
如同一只手从我的嘴里将我的脑子抠出
雪越下越大。娘子，你真的不需要玫瑰与金子？确定

挽留什么

总有一些可疑的想法盘旋在脱胎于宫殿
而不敢高耸的的塔尖
总忘不了这湖底的淤泥——那些被高人一等的湖水
剥夺了主权的时间。——当然，如果某一天
它们的逆袭，导致哺乳动物进化的咬痕失真，将挽留什么

鱼群还是如无轮的马车，迎着夕光的阴影
迅速穿过爱情，西湖，西天
并在桥下与横穿的特斯拉形成超系统对决……所有的缝隙
立刻被星链的饥渴填满。而鱼群，却似乎早已忘记
“相忘于江湖”的江湖，更不用说什么时空交错，“濠梁之辩”

唯有消失的天际线泪水模糊
唯有季节召唤季节的风儿，被波浪传阅
鱼群不喜欢语言宴请，更不喜欢外卖、快餐，或自助
它们将空无的舌头直接伸向重力，嫉妒和沉默之外的无言
——包括垂直非垂直，弯曲非弯曲的自觉或不自觉纠缠

直至将你失去的全部归还——包括缺氧的脑子
放生池里的支付宝余额和耀眼的硬币
心是万物之肉。所以你将永远失“心”于万物以及所谓的“万物即一物”
等着吧，鱼儿们正在返还的途中
等着自私的甜蜜从湖底升起，如同持灯的流星在夜空那高贵的一跃

万古愁

云端的闪电
是丢失在你的眼神里的回眸

尽力让气息
被沙孟海团团的墨块吸附

西湖就在旁边
可灵魂的缺口却无法交与湖水补白

必须先饮“送客筵前花中酒”
必须先听“地涌金莲”者的“天花乱坠”

是什么在身旁挑战我的克制
那些与夜幕对拔的雨声都去了哪里

是什么压住了我的手？是上了锁的光
还是那密室里的“蜜”

纵然是江南春秋，
东山葱岭，又怎能留得住我心头的金丝鸟

黄灿然

拒绝的人·6首

年过五十

现在我终于感到：人生如梦。
长期以来它只是一个陈词滥调。
不真实，也不讨人喜欢。
现在它依然不讨人喜欢，却真实得
如同梦想成真，另一个陈词滥调。
别再制造陈词滥调，别跟我说
过了五十还是中年。承认吧，
过了五十，人生就是陈词滥调。
我试图睁大眼睛看世界，
但世界如梦。我试图只专注于
活在洞背，但洞背如梦，活如梦，在如梦，
甚至专注也如梦，我也如梦。
一切都像梦想成真，失去了
成真之前的意义：得不到的巨大意义，
和得到的毫无意义。

野蛮公园

早上好。很少的鸟，很少的兽，
很少的鱼，更少的水。早上好。

他在说什么。他说过什么。
他无所不在，像无所不知。无知。

早上好。很少的草，很少的树，
很少的花。更少的空气。早上好。

什么时候我们在乎过他？
什么时候我们才会没有他的消息？

问　天

我想问问天，我该如何生活。
但我也很明白，在我想问的过程中

我已经在生活，并且生活很久了。

我读老子或孔子，柏拉图或叔本华，
但他们并不知道我没有真正读懂他们。

因为他们知道他们不知道全部真相。

我知道的部分真相也许和他们的交叉，
这也许就是我和别人还读他们的原因。

啊，要是他们也读懂我。啊没错，
当我感到惊喜或震撼或恍然大悟的时候

也许就是他们刚好读懂我，在那交叉处。

但我还是想问问天，我该如何生活。而这
正是老子或孔子，柏拉图或叔本华之所以

和我一样只知道部分真相的原因。

攀　登

他们攀登，向圆滑的峰顶。
他们在流汗，我们看得出。

他们不埋怨，我们听得见。
他们相信他们所做的
也是我们要做的。
相信他们就快代表我们了。
已经代表我们了。
而我们在阴影里，
在潮湿的草木中，
看他们融入光秃秃的风景，
摇晃身体，有时候叉腰。
我们心里不好受，我们承认。
我们酸溜溜，我们承认。
我们不屑，这是事实。
我们有自己的命运，她很模糊。
在她唯一向我们传来的
遥远而含混的呼唤中
我们仿佛听见她
要我们留在后面，
留在下面，等待你们，
后面和下面的。

鲲　鹏

溪涌海面出鲲鹏。白云巨鸟
占去半个海面和半个天空。
嘴张开，眼睛张望，两翼拍起
一半在水里，一半在水上。
仿佛那潜龙，此刻跃于渊。
这是我抱歉在厕所里看一本
关于周易和老庄关系的书时
她在客厅窗口拍到的。当她
兴奋地展示给我看，那巨鸟
已还原成白云，溪涌海面
还原成蓝色海面，窗口风景
还原成风景，但那白云鲲鹏
依然是白云鲲鹏
　　　　　　　在我宽大的视域里振翅。

众山小走廊

她从我下面的汽车里出来，我以为她是要去会合不远处那五个正在拆箱子好像准备摆摊或做表演的女孩。否定之后，她走向一个深锁着大门的院子，我以为她要看看大门或围墙的雕纹。否定之际，她用钥匙打开大门，没有随手关门，径直走进深处，那里有浓密的龙眼树和泥土地面。我压抑了待会儿下去弄清楚那是个什么地方——看看门口那块似乎是说明其性质或用途的牌子，或径直走进去看看的愿望。

不远处那五个女孩之中的一个，左手拿着手机在浏览，右手心不在焉地，断断续续地脱掉好像是牛仔裤，是里面朝外地翻出来脱，而不是捏着裤管末端拉下来脱。慢慢把宽短裤和大小腿露出来。然后放下手机，穿上一条灯笼裤，然后站起来穿鞋——右脚直接踩进右鞋里，左脚没踩进去她就开始走路，继续一边看手机，走了七八步也踩进去了。我也压抑了待会儿下去弄清楚她们究竟是一些什么人的愿望。

沈苇

论诗·20首

论诗（具体）

思辨必须像一道闪电
而我，每天空有七万个闪念
如今我不再像闪电般奔跑
在行走中反复练习后撤
倾心于视阈里迷人的具体而微
有时蹲下身，看蚂蚁们搬家
有时看屎壳郎推动它庞然的粪球……

论诗（朋霍费尔）

“我是谁？这孤寂的问题对我发出嘲弄。”①
“我们从悲苦中所学到的将会使我们强壮。”②
做一个诗歌的门徒，意味着与朋霍费尔站在一起
与此世性、爱和他签署团契
喝干悲伤的酒，连同它下沉的残渣
《狱中书简》沉淀一种沉静的英雄主义
一份属灵的遗产和昂贵的恩典
“死亡……砸碎镣铐……冲破我们的短暂生命……”③

①②③引文均出自朋霍费尔诗作《我是谁》《1945年新年》和《通向自由路的驿站》。

论诗（风景诗）

风景诗如有足够耐心
将从物象变成册页
汲取山水的寂然
拯救蝴蝶和花卉的短暂
光与影趋于音乐的抽象性
静止、移动或逃逸的主体
在风景话语中忽明忽暗

论诗（无我）

无我，以万物为我
以目力可见
和不可见的物象，为我
疏荡之气，质苍之灵
雄深之思，雅健之逸
宛如古风，依稀犹在
无我——
我将我迁徙到笔墨之外

论诗（异）

异的教育在远方——
如同你驶离著名的沙漠公路
登上葱岭的盘龙古道
那烂陀留学归来的玄奘
曾在那里接受异的教育
异的教育在一部亚美尼亚电影里
一只红石榴汩汩流出异教徒的血……
异的教育意味着，所有的远方
是你的一部分，你是它们的一部分
你要尊重他人、异物所是的样子

论诗（无意）

修路基的人无意中创造了艺术
在挖掘机、电钻轰鸣中
在挖出的湿泥和地下管线旁
一小块草坪静静躺在晨光里
那么孤独，那么柔软
像一个熟知疼痛
又与世无争的补丁

论诗（虚构）

斯蒂文斯虚构一只田纳西的坛子
坛子在山上，四周的荒野向它涌来
好像它统领了四面八方……
三十年前，在巴音郭楞的开都河畔
我像熊谷守一[①]那样观察一只蚂蚁
与它共度一个初夏阳光下的午后
三十年后，当我试图虚构它、追忆它
四周的风景——我全部的虚构素材
已分崩、离析、四散……
如同，“他的弹奏涣散了……”[②]

①熊谷守一（1880—1977），日本当代画家，西洋画代表人物。其人生的最后二三十年在千早町的一处宅院度过，足不出户，过着与世隔绝的生活，被誉为日本“最早的宅男”和“蛰居族画家”。

②引诗出自里尔克《最后的黄昏》。

论诗（附就）

附就草木
附就陋石
附就雨后的积水
（它倒映一角天空）

附就蝼蚁和微尘
附就教堂里的男低音
附就伴你浪迹天涯的旧鞋
附就生命中卑微的人

论诗（缰绳）

诗人放出一匹快马——
套上缰绳的马变成劫掠美人的英雄坐骑
无缰绳的则化身浪迹天涯的孤独野马
徐志摩递给温文尔雅的猫一根缰绳
她不撒野，蹲坐在自己后腿上
像古希腊庙楹前的石柱
“是女人半松的裤带在等待男性颤抖的勇敢”①
大才子瞿秋白讥之为唯美主义的声色缰绳

①引文出自徐志摩《一个诗人》。

论诗（诗性电影）

诗性在根部——
在一个人尚未命名的泉源
影像错过种子的悄悄发芽
诗性注入空幻和救赎
以便为“真”留有一席之地
透过塔尔科夫斯基雕刻时光的斑驳光影
伯格曼从萨拉邦德爱恨交织的复燃死灰
不断返回中世纪沙与石的森林——
罪恶之手无法到达的处女泉

论诗（时·空）

晨起，洗净梦里回来的手
焚香，无偶像，准备一句

美善而非乞求的诗，近乎止语
袅袅香烟确认挣脱厮杀的噩梦
确认我的所在、又一天的开始——
一种时间化了的空间
和空间化了的时间

论诗（巴别塔）

我请来东方诗人、西方诗人
远古诗人、中古诗人
近代诗人、现代诗人
还有我身边时隐时现的诗人……
他们在我眼前一张纸上
展开静默的看不见硝烟的角力和厮杀
他们曾发誓共同建造一座新巴别塔
因为言语不通，聚沙之塔屡屡崩塌
又由于信使和译者们的辛劳
塔基坚不可摧，并且扎得很深

论诗（唐吉诃德）

憨，就憨到认一匹瘦马为兄弟
憨，就憨到头撞南墙不回首
骑士，反骑士；风车，反风车……
当老风车变成现代性的摩天轮
假堂吉诃德们挥舞长矛在前行

论诗（穆旦）

在瘴气弥漫、毒蛇出没的缅甸森林
向着生死未卜的前方，疲惫行进
读英汉词典，每撕一页
就得到一些词、几句诗
撕掉半部，济慈的夜莺开始歌唱

布莱克的老虎在火焰里徘徊、发光
撕掉一整部英汉词典
就从拜伦笔下逮住放浪形骸的唐璜
——葬《唐璜》于香山公墓
葬它于早年恐怖的森林

论诗（零）

雄心勃勃的加法之后
是大刀阔斧的减法
零：一个写作信念和诗歌奇点
归零派见识过漫长的礼记之夜
每天从“零”，开始他
风雨飘摇的“日日新”

论诗（咏怀）

在阮籍五言《咏怀》第十七首
我几乎读到相契自己的命运
而掩卷覃思、倍感惊心——
“孤鸟西北飞，离兽东南下。”

论诗（卡夫卡）

“一切遗物的佚失，才符合我的本愿。”
卡夫卡给挚友马克斯·布罗德写信
“灼烧我一个多月的肺炎，
我从未想过用写作来击退它，
尽管那有一定的力量。”
垂危的卡夫卡，未及说出的大概是：
“焚烧……让灰烬阅读我的文字吧！”

论诗（摩尼主义）

摩尼主义将扯皮的辩证法
演变为一场生死对决
对决后的遗骸不被“空”认领
腐烂，如时间漫长的叹息
复归于土，归于新的混沌

论诗（面具）

“任何深刻的心灵
都需要一副面具。”（尼采）
面具不骗人，只说出“不”
成为个人囫囵的必要标志
一首深刻的诗戴上面具
试图成为道成肉身的一部分
怀着内外大一统的朦胧渴望
羞耻与悔恨却藏得很深
面具们在暮色中默默相聚
变成一个吆五喝六的共同体

论诗（客体）

客体隐秘的激情
怀着人格化的朦胧渴望
在其所在，指证主体的不在场
如波德里亚所言，“甚至谋求一种
对过度控制它的主体进行复仇的能力”
客体的显现和剧场效应
正是诗歌需要凝视的
必然从暧昧导向混沌与神秘

谷禾

诗人书简·7首

诗人书简

“为真理和正义发声……”是诗之奥义吗?

“诗就是诗，它擦亮词语的光。而非
投枪、匕首、香蕉、水果、巧克力或玫瑰。”

“至少，你要编织内心的柔情——
如春蚕吐丝，为蒙辱者生而为人的尊严。”

——你看啊，天空中钉牢的太阳
泥土深处负重的潜行者——
他们汗水摔碎的轰鸣，他们慢慢弯曲的脊梁。

“诗歌有义务扶他们站起来，
替他们擦去那满面尘埃，泪水的涌泉。”

“你以诗向死者鞠躬，更要为生者
说话。你还要献出自己，像飞蛾，反复地
写一首诗——这尘世永恒的情书和证词。”

你出离了自我，变成陌生的另一个
走在街头，向每一个孩子打听真理的旧址。

“——是的，你只要活着，在人群中
在事物的包围里
无论怎样，都要从沉默中燃起手的火炬。”

论群山

是大地在堆叠，仿效了
时间的风浪——那来自记忆
深处的，被覆盖的沧海

一块浩大田亩！有船的骸骨
就好了。有鲸鱼歌唱就好了
有海石花行走在光的掌心就好了

向下，树木丛生而乱石
秩序井然——在其之巅
前不见古人，后不见来者

落日如累卵。攀登者失于途中
在冬天到来之前，更多的雪
彼此为镜，看清了自己前世今生

这满世界的丰饶，终于
为我空出了，一盈尺的荒芜

重读海明威《乞力马扎罗的雪》想起逃出野生动物园至今未见踪迹的第三只金钱豹

海明威写下“那只豹子不属于这里，但它还是来了，没人知道它来这里干什么”的最后一个字时，肯定不会想到若干年后大洋彼岸逃出生天的这第三只豹子。人类动用搜救队、无人机、红外热相仪、最新北斗定位系统，历四十多个昼夜搜寻仍不见它的踪迹，肯定有无数人像我一样止不住好奇地一遍遍扪心自问：豹子究竟去了哪里，又是什么让它和已被捕回动物园的两个同伴做出了出逃的决定？直到我来写下这段不分行的文字，仍然没有关于它的任何确切消息传来。而在数千里之外的云南高原更多的人正在加入进来，试图阻挡十五只一路向北的亚洲象进入城市。海明威继续写道："乞力马扎罗是一座海拔一万九千七百一十英尺的长年积雪的高山，据说它是非洲最高的一座山，西高峰被马塞人称为'上帝的庙殿'。在西高峰的近旁，有一具已经风干冻僵的豹子的尸体。豹子到这样高寒的地方来寻找什么,没有人作过解释。"在小说的结尾，海明威的主人公死在了乘着飞机向乞力马扎罗山顶飞去的梦境里，就像他把枪管插进口中并扣动扳机粉碎自己以及那只豹子风干在经年积雪的乞力马扎罗山顶一样……谁来告诉我：时至今日仍不见踪迹的第三只豹子是否因为再也无法忍受囚困的孤独和孤傲才结伴逃出动物园并从此消失在了所有群山和森林里？这些不同年代的豹子将在另一时空里相遇——那里高耸的乞力马扎罗山的每一块石头和积雪，都曾有过豹子的前世。

一座树林

一座树林熟悉林中每一棵树。它们
白昼的光，浸漫在黑夜里一声不吭。
树林里的枝枝叶叶，沐浴晨光的
舞动，与雨中的战栗有多少不同？

雨的喧哗，枝叶喧哗。当雨的喧哗
盖过枝叶喧哗，所有枝叶都静止了。
这时候，一声鸟鸣响起，更多鸟鸣和声，
众鸟在掏空整个树林——每掏一把，
无边落木萧萧下，覆盖树下的脚印。

我仔细勘察过那些脚印，年轻的，
中年的，轻快的，沉重的，更多的
属于孩子和老人，他们进入树林，
散步、奔跑、看花、遛狗、恋爱、接吻
采集蘑菇和松果，饮下牝鹿的泉水，
有时还抱紧一棵树，又哭又笑。

早晨走进的那个孩子，用铁锹挖树根，
他每挖一锹，树根就向深处延伸一寸，
直到那棵树高过云层，他沮丧地住了手。
终于走出树林后，他迎着落日的脸孔，
结满密集蛛网。难道真的一日长于百年？

哦，我还没有写到倚着树林的那条河，
它在此间反复改道，最后又回来这儿，
如同历尽沧桑的老人，收拢了脱缰之心，
平静地接纳着落日余晖，光秃树影。

我在树林里走失过，河水带我回家
我在树林里迷上一只白狐，河水照出
它的原形。许多年前，我和树林留下
一张合照：多么活力四射的少年！
身后是数不清的树，一个陌生闯入者
在众树之间隐现，恍如我提前到来的晚年。

无限（22）

我在同一时辰遇见死者出殡婴儿落草。
我遇见童年的你和晚年的你手挽着手，
摘下的落果回到树上，花朵退向花蕾，
射出的子弹回归枪膛，人类因此不再杀戮，
愁苦的乌云散开，老人脸上生出孩童的天真。
这样哦，我就可以把走过的路再走一遍，
把爱过的尘世再爱一次——在遇见你之前。

无限（25）

在自闭症患者的认知里，有病的是所有人唯独不是自己。他所有的快乐都建立在与外在世界隔离之后，他可能是人类中最杰出的哲学家、艺术家、科学家、手工匠人、文学家、神学家、音乐家。在常人眼中，他们无一例外都是病人或疯子。我亲爱的出生就身患自闭症的少年，竟然说得出我生活的城市所有地铁线路的站名和顺序。另一个中年流浪汉，每天午后准时去一个废弃的工地，用铁铲向地球深处挖掘，他的身后已堆起越来越高的石块和泥土。他告诉我，每天那个时辰，他总听到金子的敲门声从他挖掘的地底传来。他很快就会找到它们的——不是今天，就是明天，或者后天，他要做的就是不停地挖掘。从他眼里射出的光，我在众人睡去后的月亮上也看到过。也许在月亮的背后隐藏着一条抵达他们幽闭内心的秘密通道。

无限（39）

“那马厩闪着光清洁亮堂，那个夜晚
送进来一种新的光芒，现在黑暗
只得退隐，因为光芒中的信仰必将留存……”
在被关押的集中营，朋霍费尔牧师
每周给父母朋友写信，讲述他和狱友的日常，
更多还是阐述他对信仰的思考——
“祈求和祷告不足以拯救人类。神也是
受难的弱者，人类必须面对神的
退隐和消失，因为他已成年，必须担起
对世界的责任，保持自己的此世性。”
绞索一天天把他的脖子勒紧，他平静地向人们告别：
“这是结束，但对我来说，是生命的开始。”

桑克

拆钢琴·4首

拆钢琴

早晨一时兴起，
拆钢琴。没用锤子（太野蛮了），
用手——匹配的致敬。
并没有深思熟虑，从哪儿拆起，
从哪儿结束。即兴！
如同昨夜即兴乱弹，邻居敲门如同
冬天的东北虎。饿急眼了，
多瘦的柴火也能吞进去。拆琴吧。
跟你解释这些浪费时间。音板如同糖果，
一块一块从树上掰下来。也没必要
储存，如今取暖谁靠它呢。
锤子被弃，螺丝刀兄弟还须借重一下子，
骨架，合处，有时也需要扳手。
没打算当一个破坏者。拆解是一门斤斤计较的
艺术。没人脸红。踏板也不麻烦，
把低音区的钢丝和铜丝分开也不会比离间
一对生死恋人更难。干脆办法多的是，
把它们和裸弦一起扔了就完了。
只要能顺利运出窄门，不惜把它们都变成
一根骆驼毛或者诗人髯。运出去，
一个新世界就会打开。顺便敲了一下
黑键，闷闷的。手指还是被裸弦割到了，
反噬与反抗是永存之物。想破坏的人

小心了。踏板能不能留下，
改成一双拖鞋的零件？创作动机是好的，
但是胆怯太危险。

舞蹈者

你跳的是……
吉格舞或者……
你跳我看。你跳给教练看的，
我隔着手机屏幕看。

彼此就差
一个巨大的银河系屏幕。
什么都不必再说了。没有去握你的手
绝不仅仅因为年岁大。

控制力强。
夜色同样也是阻燃剂。
酒是不是相反呢？
不喝酒。

裙子更适合还是
裤子更适合？风扇吹着明显具有
舞台风格。舞台
有时就是正副驾驶座。

经常不讲道理。
经常没缘由。梦里倒是顺理成章，
白昼白茫茫模拟着虚无。
舞。

雾。弥漫开来，
杀伤力如同秋之草捆，
在乌云堆下面散落黄金堆，
凄凉的马呼啸。

没有鹿。
什么也不必指，不必测量人心，
爱你与你无涉。歌德还说
民族的就是世界的？

开玩笑不分
大雪小雪，不分冻土硬土。
旋转是怎么治疗头晕的？
踢脚套着大跳。

四面镜子根本
不称博尔赫斯的意。
每一面都是你的分身就好了，
你会不在乎分我一个。

就这样也好。
共识是早就建立的，
无论怀恋的冬夜还是即将
解放的早春。

哀度近于零，
平静如冻硬的水面。
冰刀的划痕并不怎么疼。
扎心也不疼。

普通的

我只想做普通的，
而不是虔诚的。并非是我厌倦束缚
或者纪律。认识我的人都说我过于自律，
对自己近于刻薄。典型的处女座，
每天拿着一把刀或者一架显微镜，
瞄准自己的灵魂。但我仍旧只想做
普通的，与其他人一样喝酒（不是酗酒），
但我还是对酒没有接受的兴趣。
普通话说多了也是自傲。语言并不能与肉体

更别提与灵魂对等。它们的分歧远远高于英语与德语。
写信的热情，究竟是中止于年轻迈向中年时分
还是电子信箱与手机出现之后？见光死也是有道理的，
我还行。但我还是愿意不见面，
羞涩或者社恐。后者的可能性更大一点儿。
出门时找不到合适的衣服，见面了不知道说什么，
然后就开始乱说。每个词都不留停顿的缝隙，
生怕让对方受冷落。碰到矛盾和无知
就回避，仿佛矛盾和无知的是自己。
微笑的办法不能常用。讨好型太下贱了。
躲起来是正确的。冷漠还是有点儿不正确。
应该像一个萨满一样说话，借着万事万物的嘴，
悲伤的是马，调皮的是猴子……
风的邻居是谁一直没有弄清楚。有人说是雨，
但是雨经常隐身。雪也是如此。
太多的谜了。雾呢？它出现的次数更少……
两只鸟会交谈吗？它们都谈什么呢？
天气不错，正是觅食的良辰。

狐狸的兴趣

全都不好，
垂着蒴果的梓树，还有隔着
数百米的桑树叶子，阳光从反面
照过来，显示出静脉一样的叶脉，
凑过去耳朵，还能听见里面的抱怨或者交谈——
药越来越难吃了，难道糖精与电一样
脱销了吗？外卖员们全都被堵在
高架桥上，好像一团自我纠缠的鞋带，
结构复杂，堪比秘密的石榴。
他的投机是显而易见的，一会儿是吃石榴的人，
一会儿又假装是石榴。最终他只有变成
一只没人搭理的狐狸。真狐狸
躺在沙发上玩遥控器，对一个
时髦湖产生琢磨的兴趣，形状像五爪槭，
而灵魂则是一个伐木工人。

休息的是油锯和油壶，而从墙上的
浅色人形轮廓就能判断出家庭的解体周期。
小猫也不必弹吉他，默默地抄笔记，
把一根狐狸毛逼真地描在
清清白白的肺里。

蔡天新

蔡姓·6首

蔡镐

他的名字偏旁有尖针
出生在黄岩西南的白山
作为武科进士和博士
他曾任盐城武学教谕

当年朱子驻节台州
提议修建黄岩水闸
以便于灌溉和航运
他并推荐镐来主持

镐用心并合理规划
与同仁们携手筑六闸
经久耐用近一千年
至今仍保存有四座

后来镐受孝宗派遣
出使金国，命下而卒
朱子听闻痛哭不已
写下《挽蔡武博正之》

也因此我的祖居地莞渭
获皇帝恩准建成家庙
迄今已逾三个半世纪
恍如费马最后的定理

蔡伦

他的祖上以打铁为生
却也懂得种麻、养蚕
用树皮、渔网和敝布
造出了神奇的蔡侯纸

更惊奇的是他的才学
满腹经纶、伶牙俐齿
最早从南方到了中原
成为皇帝身边的红人

他的故乡在舂陵水边
那是湘江的一条支流
屈原和杜甫一前一后
在下游的小舟上逝去

他的封地在汉水北岸
最后的归宿教人想起
助产妇之子苏格拉底
在沐浴后端庄地辞别

蔡邕

1.焦尾琴

蔡邕在吴地十二载
听觉依然敏锐
一次他听到了桐木
在火中爆裂的声响

他冒险将其救出
做成了一把琴
音色优美悦耳
但尾部留有焦痕

南齐诗人王仲雄
曾用此琴连奏五日
即兴写就《懊恼曲》
献给病中的齐明帝

后来传至南唐后主
大周后尤爱抚琴
把它带到了汴梁
终于失落于昆山

2.故乡陈留

返回故乡陈留后
蔡邕受邀邻居家
客人们陆续到齐了
屏风后面有人弹琴

他刚刚落座不久
与众乡亲拱手作揖
忽然间又拂袖离去
令大家十分扫兴

在主人的追问之下
他才道出了实情
原来他从琴声中
听到暗藏的杀机

那会儿琴师正看见
一只螳螂欲扑向鸣蝉
就在将飞未飞之际
流露出了一丝恐慌

蔡琰

1
她的名字被用来命名
那颗遥远黝黑的水星上
一座奇异的环形山

她有着与她父亲一样
灵性而敏觉的耳朵
能分辨出断弦的位置

她被掳匈奴三个月后
父亲死于长安的狱中
彼此未听见对方的哀鸣

因为突然的悲喜交加
她谱写一曲《胡笳十八拍》
把内心的衷肠诉说

2
文姬的姐姐名贞姬
是景皇后羊薇瑜的母亲
也是太傅羊祜的母亲

羊祜落马折断了手臂
位至三公仍无子嗣
却让国土归于统一

他死那天仙鹤停食
荆州的百姓集体罢市
街巷悲号，不绝于耳

母亲和姨母均未看见
皇帝司马炎的泪水
流至髯须上结成了冰

3
蔡邕在吴地十二载
往返依靠泰山羊氏
文姬也在匈奴十二载

她没有书籍可以阅读
但她的记忆里存着
父亲的数百篇诗文

她还养育了一双儿女
只是叹息他们的成长
远离了亲人和故国

当得知曹丞相用金璧
将其赎身接回长安
一行行泪流如泣血

蔡谟

他的先辈非比寻常
本人多次谦恭礼让
有时喜欢取笑他人
对象可是不同一般
一人之下万人之上
甚至小皇帝的诏令
他也可以不顾不问
为此他付出了代价

他以敢于直言闻名
曾阻拦过朝廷祭祖
大将献计攻打后赵
他坦言敌人的强大
寿阳城虽小却坚固
援军可以望见琅琊
骑兵消息一日千里
黄河北岸已不遥远

弱冠之年举为孝廉
州里征辟他为从事
兖州以蔡谟为朗伯
却推辞东海王邀约
为避战乱南渡江南
做了东中郎将参军
中兴三人个性各异
时人歌谣称他雅儒

领南徐州京口守望
起北固楼以贮军实
谢安部队来此驻扎
望神州，满眼风光
苏峻之乱建康陷落
吴国内史出逃会稽
勇于接任率兵征讨
平定后升五兵尚书

晚年生活漂泊东南
儿孙分隔江浙两地
目睹环山带水之胜
筑巢平田小小高地
擅长医术谙熟本草
礼仪宗庙无所不通
青山绿水与世无争
唯有死因成为谜团

蔡邵

永嘉之乱
中州士人纷纷南渡
定都建康，是为东晋

激增的人口
迫使江南开辟新土
增加生产率

永嘉郡应运而生
从王羲之到谢灵运
士族太守依次落座

蔡邵身在其中
或许是谟的影响力
更有他自身的努力

去年初邵的墓碑掘出
虽已断成几截
但字迹仍清晰可辨

赵雪松

供奉·7首

清　明

黄河滩里
一丛枯草保持着去年生长的姿势

这是艰难时刻
黄河的波浪毁弃，河水扎着绷带

绿色早已被吸干
霜雪还捂在怀里
那个抱着先人骨灰走过来的人
还在生长

黄　河

傍晚，岸边苦修的芦苇告诉我：
要缩小，再缩小，成一粒沙

黄河远去
我没有一首歌相送，也没有一句言辞

河面上有我参不透的星空，一个尘世
有我看不见的落日，一颗不死心

缩小，再缩小，为了获得一种博大的语言
听见亘古悲苦的决心

残　雪

今天我看见的那一留残雪
比昨天缩小许多
路旁的枯叶中
如细若游丝的呼吸

一定还有另一种呼吸
不吹拂在人的脸上
而在残雪一样的卷册中吹拂

一定还有高古之人
一直死到现在也没有放弃他白色的衣袍

故　乡

在一块又脏又破的绿缎子手卷上
我找到了那只凤凰
在废墟堆破碎的青瓦片上
我找到了另一只

在故乡咬紧牙关的眼神里

我找到一种飞翔
那是残缺的墓碑后面
祖先灵魂的模样

早　晨

我看见一对老夫妻
把头埋进垃圾箱
后面跟来门卫的呵斥和辱骂

晨光迟迟
父母的光辉在哪里

我不愿念书
我活得不正当
我浑身长满霉菌

黄河上孤苦的黄土、榆柳和防洪石
我从没关心
从来没有

安宁寺

我就是寺里的一个小沙弥
我没有父母
也没有名字
我终生侍奉两个字：安宁
我不停地念
让这两个字长高
世界变坏的速度
也是我念“安宁”的速度
我念安宁
就是念父母
就是念自己的名字

雨　后

雨后，鸟鸣声里生长着松树和柳树
像两颗心一样清晰

恍若隔世的鸟鸣
或婉转、或流畅、或含蓄
但一样清澈见底

我身上的尘垢让我含着羞愧
在那透明里我看见自己
丢失已久的本来面目

我看见地面上弯弯曲曲的水流
仿若我荒废的德行

我捧起鸟鸣的水滴含在嘴里
那慈母的伦常、善念和优美

邹昆凌

下雪是大事·6首

即兴和空想

毕竟，树上的果子和鸟
我分不清谁是谁
但在林下读书
书上的光斑和树影
似乎一千年前就落在谁的书上了
此时，我觉得树影和阅读
是一根动脉，有血压和心跳
一千年前和现在
我都会听到一种冲击的咚咚声
于是，鸟飞走的声音，果子落地的声音
都会像图画一样，上面也印着
古人和我的经历
从此我和那个读书的古人
就像被制作的邮票
四处寄往，如同智慧的漂泊者

“西山倒石头”

崖壁就叫这个名字
民间的；它是山体的剖面
日出时是红褐色，肌理如同
渗血的瀑布。时近黄昏了
它混在整个山脉里，黝黝地

一只蜥蜴在爬动。我想起
早年崖脚的野趣，蕨、荨麻
槐树的白花像泼出来的水
还有鹰会从荆莽间腾起
哗啦啦如同撑开黑伞
今天原生地上已是高架桥
它枯燥得像画歪的几何
我便把视线移向山顶上空
深透的神秘紫色，及高悬的
白炽的摇晃如簸箕的云团

下雪是大事

你可以用雪款待我。
——保罗·策兰

天气，如同没印日期的日历
下雪了，才叫冬天；这时
天空蓝得发亮，阳光翩跹着
神在的地方没有推磨人
根本没有白色的晶体落下
我只有在书里，看日瓦戈医生
在列车停下时铲雪，当时
他的心情很美，但那阵
大雁已像书法，在呼唤春天了
于是，朋友发来雪的摄影
是他故乡的，并说
昆明的冬天明朗得像天堂
什么都金灿灿的，可惜没有雪
这真遗憾，那也就没有
兔子狐狸的足印，也没有
润土带迅哥儿捕鸟的事
我缺少的还不是这些
而是一个更干净的世界
还是在等待下雪
但没有人会用雪来款待我
是我要用命运和良心去争取

船　坞

这是我画的速写
是个半真不假的船坞
冬晴，湖水波动着紫色
一根橙红的水管，由岸伸出
浮在水面，远端上，一只苍鹭
站在那儿，像童话里的精灵
又像个发呆的老人。岸上
水泥平台的钢架上，三只旧船
约五丈长，驾驶室凸起
有工人伏在船体上，蜘蛛般
作业。有的焊接有的刷漆
火光和蓝色，在跳跃和增长
他们就像在一个不正常的梦里
是实在又是幻的。我见
船体阴影下走动的人，像侏儒
而我，在图象中仿佛变成了外来的
小小飞虫，用翅膀的手
画下这个不像船坞的场景
和那只早已消失的鹭鸶

穿金路上

一月初，冬晴。悬铃木
叶色焦枯，挂成串的红铜
但树干非同夏天，被茂叶掩住
这时撸袖的手臂，会搂你的肩膀
我喜欢它们的枝干在隆冬
还泛着淡淡的银绿，皮相润目
再加上阳光的裹染更加宜人
如此，我由西向东走，树木架
撑起了路边的高楼大厦
人群车流当然跟住宅有关
但我忽略；贸然远望
东向有一抹远山，菱角状
如老鼠啃过的饼干，其上的蓝天

也窄得似多棱的碎玻璃片
我不由想起我童年到过那边
山上有菌子有刺猬有蛇和杜鹃鸟
还带回来让母亲做粑粑的黄花
于是，我正在走的这条路
被暂时忘记，又为遥远的梦魂
牵引着牵引着仿佛睡在天然的枕上

他说：这种树叫“构树”

这树的名字叫“构”
他说的；我问他时
他走累了，坐在河岸的石头上

构树的黄叶华丽地飘落
落地的已经不动，一厚层
正在飘的，像些睡着的
从树枝上坠下来的鸟

坐在石头上的老人，也是鸟的影子
他在纷纷的落叶中，也是金黄的

河岸树叶的动静
只证明秋天的动静
如同河水证明时间的动静一样

于是，我穿过无风还在飘落的构树叶
好像树叶是我抖落的羽毛
和穿越在我诗里的鱼的尾和鳍

汗漫

诗人们·7首

霜降与马：勃莱

中国的鹧鸪也喜欢玉米地的气味。
霜降后，田野像花斑马
但我没有骑马打猎的经历。
在加油站手持加油枪，像捧泉水喂马。

汽车轮胎知道我的履历
大抵上在各种机关、商场间奔突。
丧失谷仓、铁皮邮筒和山水，
一个人就显得很不自然。

幸好我木餐桌上的斑痕，
保留了啄木鸟的叫声和喜悦。
是到了放弃雄心的时候，
爱人的长辫子像马尾巴在召唤雪花。

合身的生活：卡佛

我也有一个爱喝酒的父亲
但他不钓鱼，家附近就不需要水域。
我酒量小，也就没有你父子间
复杂的纠葛。

酒瓶有女性的体态，空酒瓶
像前妻离去后遗落在柜中的旧大衣。
你结结巴巴给她打电话，
手指细腻地爱抚那一个瓶口。

只有笔，能让你的傍晚
摆脱酒精妖娆的杀伤力。
只有句号，让一个短篇小说
像短命者在准确的落日下，结束叙事。

卡佛兄，我与你差异很大。
但我们都知道一张可以写字的纸
才是合身的生活，
像柜中的旧大衣藏着旧天气。

秘密的盐：曼德尔施塔姆

你爱过的芭蕾舞女孩
踮起脚尖，在模仿一个诗人
被尘世排斥从而上升为一颗星辰？
而我，努力与尘世和解
在地心引力的控制下，臃肿不堪。

你已经化为蝴蝶，让草木灼热。
我收到一只漂流瓶伪装成的
墨水瓶，让一张上海书桌
成为激动的海滩。门外大街
总有手风琴吹来一阵阵北方的风。

一阵阵的爱、美、悲哀延续人间。
每当我在中午烙饼子，
就想到你妻子怀抱平底锅的样子
像怀抱你。我的饼子就有了
秘密的盐分和力量。

一只天鹅：阿赫玛托娃

你在仰慕者的眼睛里游动——
黄披肩似湖面落叶。
头颅高洁，使低矮的事物羞愤。
在圣彼得堡，你身体和语言的美
赢得双重的孤绝。

爱你的人前赴后继——
被流放、禁锢。
留下你，在囚牢外反复排队
遵守“每次探视五分钟”的制度，
像诗人写诗，需要反复换行。

在禁止挂布帘的窗口
你须定时出现，让楼下的监视者仰望、
记录：“某月某日，
一个诗人依旧活着、傲慢着……”
这窗口，把你和灯光朗诵向全世界。

诗人需要言说，
像一缕灯芯需要无穷的灯油——
笔需要吞咽大剂量的爱。
一只天鹅在歌唱
让濒危的湖水和云朵，活下来。

银戒指与花楸树：茨维塔耶娃

里尔克、帕斯捷尔纳克们
以抽象的爱意，赢得你的银戒指。
我想具体地爱你，
作为一棵花楸树站在窗前，
看你洗手、捏笔、俯身书桌，
像一朵云附身于祖国。

劈柴、洗马铃薯，
卖掉藏书买面包。
破连衣裙拥护着你的心跳和步调。
大雾美好，像食品香气缭绕——
你羡慕那些农妇
与田野、黑麦的关系更近。

只能与诗和悲伤关系更近。
屋梁上那一只钩子像问号？
问号与你之间
是一行破折号般的绳子——
当我在寒冬系上一条围巾，
就听见你百年前的呜咽和低语。

俯瞰满城灯火：米沃什

在上海环球贸易中心
所模仿的山顶，俯瞰低处的灯火。
我发现灵魂这个老伙伴，被挤丢进了
外滩、地铁、合同、欲望……

孤独也不会放过平庸、世俗的人。
我满身的皱纹与老年斑，
只适合理解陈皮这一味中药
在煎熬中，如何复苏野外与生机？

解析一个时代，则需要
笔尖保持外科手术刀般的锋利。
一个耽溺于日常生活的人，
怎能承受米沃什一般孤僻的寒意？

幸好灵魂气喘吁吁追来：
“我不能鄙视你的脂肪肝，
我要纠正你的心率和生活。”
满城灯火，不知道我满脸夜雨了。

燕子的叫声：扎加耶夫斯基

当代中国诗已经没有了
你熟悉的乌篷船。
而雨，依旧整夜整夜落下来。
我的笔下出现快感的高铁
和橡胶机器人。

面对各自的时代和山河，
你优美、脆弱，我粗俗、肥胖，
都必须接受每一行诗
这每一个门槛的考试和遴选，
燕子的叫声像导师追问——

善于喜鹊式回答的人
无法登堂入室。
你明亮着，进入伟大的殿宇。
我又怎么能放弃笔尖般的灯芯、光线，
向最黯淡处一字一字撞击？

苏波

我读西密克·5首

娜杰日达·曼德尔施塔姆

这是一个人的名字，这是两个人的名字
她嫁给了白银，嫁给了诗歌，也嫁给了厄运
而那个人，曼德尔施塔姆
以锋利的岩石叩问一个帝国的雕像
他吞下白银，吞下诘问，吞下炽热的炭火
而雪橇把他运往寒冷与死亡
他的腹内结满冰雪和未完成的诗歌
而娜杰日达·曼德尔施塔姆
作为被时代剥夺丈夫的寡妇
在灰烬中生活，在火星中生活
布罗茨基曾去看望过她
回来后，他写道:
“她像一小撮余烬
如果你摸一摸她
就会被灼伤”

下午的叙事

天色晦暗，天空很低
一场雨在赶来的路上
暮色在远处集结，移动
对新一轮的占领信心十足

铁器的夯筑声干燥、尖锐
它对秋天的镇压已初见成效
那个站在阳台上的老者
冥想，眺望
回忆的船桅已驶入涌出的泪花里
你再一次给手表上满发条
那转动的数字，有声，无声
在默默吞噬你的生命
造高楼的人要从高处下来
回到他的工棚里等待确定的明天
我看见，一滴水在桌子上洇开，俄而消失
杯子不动，更多的水通过它而失踪
我知道这一刻的光阴转瞬即逝
像沙子从你的指缝间溜走
而你依然以一粒沙或一滴水的奔赴
汇入本来的寂静，与汹涌

惩　罚

两千多年前，在德国的沼泽中
于冰水和泥炭里，埋入一具因通奸而被处死的十四岁少女的尸体
后来她被出土，连同不洁的欲望，与罪恶
她无法读懂的身体密码
希尼看到了她，连同不眠的欲望
那年轻的身体刚打开一部分就关闭了天空
他一遍遍出土她又掩埋她
他无法让她出土，在纸上，在泥炭里
“文明的义愤”
不同并互相冲突的效忠
怜悯与有罪，私人与集体
这些我都看到了，透过泥炭与根茎的缝隙
透过你愧疚而坚定的眼睑
我都看到了
就像那惩罚的鞭子一直悬在那里
只是尚未抽到你的身上

桌子，雨中鹰及其他

桌子，承载主要事物的丘陵
你伏在桌案上，这样写道

快递，哒哒的马蹄
雨未止，鹰在盘旋

特德·休斯不说话
他在齐整的页岩与沉积岩里，沉默

而雨仍在下
鹰从羽毛里伸出的喙，指向你

我没有翻开这部书
雨和鹰阻止了我，及干燥的念头

鹰一直在飞，于雨中
雨和鹰组成的语言，是另一种合金

我走进了这场雨
特德·休斯和我，在雨中，雨外，晤面，错失

午后的酒

五月，水银柱上升到穹顶
眩晕的叶子，从内部看到了沙碛和通红的河流

午睡是谁的礼物？
我用清水洗脸，洗眼
在燠热中读到了这样的句子：
“葡萄苹果死于果子，而活于酒”
多么好，在炎热中腐烂的果子
你看那广大的人群和他们的缝隙
那隐藏的器皿、陶瓷、玻璃
和嘴唇，焦渴和承接

午后渐渐抵达一种宁静的鸣叫
那口的形状与深度

王敖

狮狂游记·4首

猻狂游记

再见了小卖部的收音机
哪个国都有那个年月，哪个洲
都有啧啧的老乡，再见了

乡愁遇乡愿，席上别过脖子
倒地不起的幼年督邮，且遭捶打的郑屠
不出声的，早就油里炸透了

再见吧，谷歌地球上的老房顶
谁都敢飞上去，都来了也能拄住的电线杆架子
抱腿的蹬空的，把不平的扯平了

古战争与奥兰国

有个患了文献不足症的小国
每次被吞并，都未留下记载

盛产李姓小说家，男颇似李朝威
李公佐，女可比李香兰或李胜珠

国灭之后，男做长工女为间谍
辛苦三十载，下一代完美复国

三五短章情思骀荡，万物回暖
忽然天地一转，各自奔命而去

原因永远不详，百姓处之泰然
重逢之日，也不追究责任

邻国太史令说，我幼时保姆
即此国人，每日教我歌笑不停

复国后其夫为王，其子荒唐
在漆黑途中与我王相见

我王有九鼎有火箭，城外有火坑
他有飞光与沉彩，来自时间深处

我王有万座纪念碑，他有一沙滩海螺
壳中靛蓝青黑的矿物，用于提取颜料

我王随从暗中刺他一戟，于深夜
看见，星垂月落渲染不尽的斑斓

犹鹳游记

圆石塔，小孩的手一颗颗搭起
众生的海里，一翅一鳞互相涂抹消除

有鼯为巫者，变化四十余年
往返海塔之间，时为西方鹳鸟

亦作南岛鲢鱼，时为东胜原古鹿
惊呆鲁国司徒，亦为鬼神洞帝犹

亲见众生沦落，推算小孩长成
在圆石塔顶放一枚正义的鸡蛋

在众生苦里，再撒少许粗盐
另有一巫者为午，闻之笑道

何故再添一坐标系，小孩已为人父
记忆将衰，径以众生为中箭之混沌

展海沙为旗，砌圆石为墙
雇豺狐，维护社群秩序，所以鼯跳午逃

不知去哪里，也不能再回头
原古鹿何在，三角争相抵触

古战争与最后的诱惑

回到家乡的百夫长
走过，红辣椒装饰的核桃树

跟着他起哄的小孩走两条街
叹口气坐下已成老翁

粮店里的人把头伸进面缸
再像花圈一样，从窗口向他打招呼

天下太平你到底去哪了
有人问完就羞愧地低头

所以你们每年给我写信
劝我不要回来，是因为没有战争

对啊，这难道不是你希望的吗
你真的遇到了把人绑天窗上

飞速啄食的鹰嘴女人吗？ 我没有啊
那你回来的目的是？

因为战争还没有开始就结束了
所以呢，我们站好，每人管好一平米

围住一个可疑的你，不可以吗?
百夫长站在儿时的农田边，蚱蜢嚯嚯欢呼

一世的紧张，戒备，突然隐蔽
再迎面冲出的瞬间，进入了一个发光的

微小圆孔，另一边有人在为他祈祷
死灰与深蓝之中，请遗忘把更大的误差糊弄过去

李建春

山水的婚礼·5首

白云出岫图

变淡的肉体，在山川中行走
无关的身影，只剩几根线条
近处有巨石，苔点辅助几何
爬到松树上，射击远景的韵味

乱蓬蓬的高士发，爆炸地发声
衣纹之间带钉头，欲动未动
风的表现，在倾斜的竹枝
六月的表现，在荷花与石榴

我只觉得热。热。于是远山沦陷
白云出岫，一时还下不了雨
因为需要留空。那安慰我们的
是乌云，虽然只在画面的一侧
却是石头的意志，石几上
幽暗的茶杯的意志，芭蕉与葡萄
以及飞离湖面的鸟，受惊的
芦苇的意志，湖水的意志

代替我们痛苦的，是整幅画
隐瞒我们观点的，是一根线

山水的婚礼

（为孔子诞辰2570周年作）

我心之悠悠在这山水的一角
我缩小的城市在你宫室
缩小的人民在你高墙内
不见内廷之富美犹闻钟磬之音

你乘桴泛舟也不及的距离
来到我八楼的明窗，一种遥远
佳人和君子相思的蒹葭
我在本地的地铁站口问津

那个右手搁在左掌内，有着
尧、皋陶、子产的混合长相
望之俨然，温和而精确的人
自结绳记事一以贯之
自甲骨的裂纹之间星星的文字
自青铜器上的荣耀、宝训
向我走来
自六行蓍草中雄性、中位的那一根
自韦编之间卷起的尚书
自缙绅衣角上的论语
向我走来

而我无言。
你，完完全全的成人
低于上帝而就是上帝的圣人
生而知之却好学不倦
喜欢朋友的老师，发生于
作为丧礼的主持人
作为婚礼的见证人
教我从洒扫、应对、进退开始

山和水的婚礼发生在昨日
陆与海的儿子诞生的今日
难怪早晨的鸟叫声不一样

难怪上午的太阳特别像
收获的太阳，你就生在
这果实累累、林表斑驳的空气中
我把碗筷摆齐，把桌椅放端正
临食致祭表示恭敬

天地之间奏响光与暗的音乐
光与窗、与墙、与树、与身体、
与缓缓移动的车厢的结构——光
照在高官和民工之间的空地
照在门房外蹲坐的人
照在会议室和歌舞厅
那紧闭的门和半掩的门
照在文庙遗址的银行大楼
照在信访之路和失业之路

天地之间
演奏山水婚礼的果实
演奏一切需要的果实
饥饿的果实，创造的果实
忠孝、节义、和平的果实
天地之间，演奏一个虚位
他并不回应祈求而收束脩之礼
周游列国，一生期待
因为他自己就是果实
他留下明明白白的道：学习。
那仁，果仁，剥开硬壳就是
死亡——我带着未受伤的死亡
完完整整的种子——我的志
在世间发芽

凤凰与珊瑚

她是大地、族类、形式，我是永远
渗透她的视线；推动她，成为她自己，
而她，活成了我。经过了这么多年

艰难的磨合举手投足已可以预知。
我带上她慢的烙印。她去银行模拟
我签名为我办理手续。而我居然
蹉跎到只剩下她和游历远方的孩子。
她是一个不后悔的人。老家的梧桐
引来一只凤凰，上穷碧落下黄泉，
所求之功是几种火焰，一种呼吸。
生命中灿烂、平静的一瞬拒绝停留，
拒绝分离、凝视，甚至拒绝当下，
总是在开辟或被冲刷，宇宙海的珊瑚，
唯独我自己的她才能参与的伊甸。

长啸的黄金

站在老家山坡上。早起，在水井边
洗完脸，我不怀疑自己。与朝日
对视的距离映照一个人的心胸。
光速，广大，含藏了父灵的小河水
在肘后远方潋滟。鸡群扑腾而出，
带着奇怪的默契，仿佛交班的护士。
是的，今日凌晨，大公鸡和小公鸡
可没少打鸣。在它们掌控的时间内
我欣赏母亲喂它们。长啸的黄金
闪出竹林，漫延在南方幕阜山脉。
我不再逃避自己的直觉，决不原谅
字眼中的奸邪。高速路面的厚黑
被乡村迟钝的作息透视，我坦然返回
一幅山水画中旅人与天地的比例。

把身板扶正

几乎是走过原地，但，慢慢地不一样。
三十年中经历的亲友的死亡，也足以
把我的身板扶正。何况我击出的涟漪
总被对岸吸收。我说我是世界之光，

尽管无人看见。因为必须看不见。
因为我迷失在原地，是故乡的再造者。
我甚少主动远行，而跋涉到艰涩。
节气的秘密过时了。浪花为圣殿
构型，躯壳走动之处牡丹花开放
也不足以形容同时到来的枯竭
与饱满，迷惑与悟道，寿命与死亡
同时丰富的开放，这原地的针尖之舞
沿着地平线，到我从未去过的国家
说普通话而被同步听成“你吃了没有？”

李平

在恒河边·5首

去一个陌生的地方

一座迷雾的宫殿
很容易让人想起庞贝、巴比伦
或者索多玛的形象
那些变幻的色彩
那些可以燃烧的柔和的寂静
一旦受过洗礼
就像一个人上了马鞍
进入辽阔、深邃和神秘的空间
接近空旷的核心
它的美，足以让一个人
在废墟上哭泣

我曾无数次沉浸
和穿越，忘记了身份和地点
一座移动的孤岛
一个痛苦和欢乐交织的仓库
交给我全部的遗产
去爱身边的人
去爱那些平庸的日子

春天来了
即使什么事也没发生
也有樱花盛开

发 呆

万物静谧
在同一韵律里呼吸
那些低矮的植物
必须匍匐才能看到：刺蓟、苍耳、苘麻、
何首乌、曼陀罗、旋覆花……
仿佛来自不同的星球
开花结实后
在山上，将自己埋葬

一年只开几天的花
一生只开一次的花，白的、黄的、紫的
以及说不出来的，一碰就落的花
你接得住吗？

海那边是山
山那边是湖
落日的尽头是青灯
这些神性的东西，也是人性的东西
和我的惶恐融合在一起
偌大的湖面
突然亮起来，那些留白
应该有一个空镜头，正为我加持

我坐在湖边
点了一支烟，恍然多出了一个人间

我的朋友普里什文

无处可去时候，我想起
普里什文
把相机当猎枪的普里什文
在森林的口授下
写心灵遗嘱的普里什文
好几次，我都在索洛维茨遇见他

戴一顶旧毡帽
穿一条破牛仔
趴在石头上打盹
坐在树墩上冥想
沿着潮湿的泥土上匍匐前行两公里

微风过处，一片老树叶
抖动了一下
原来是一只蝴蝶飞出来了
一群天鹅，浮在水上，编织着
石头城里的童话
一片雪花，从星星上飘下来
在地上也是亮晶晶的

活在时间之外的普里什文
活在世界开端的
普里什文
叫黑琴鸡想开点，为列队的水鸭暗暗
叫好的普里什文
就像大自然的一个器官
黄色的花粉落下来
深深地嵌入：我的一生！

访泰戈尔故居

走在加尔各答老城区
看见白牛若无其事地漫步在大街上
平视眼中的万物
偶尔也会停住，低下头，吃着人们
供在门前的苜蓿
鱼罐头一般的公交车
在更拥挤的喇叭声中穿行
它的门，一直敞开着

井巷深处的泰戈尔故居
绿色的拱门，红色的柱墙，白色的栏杆

把尘世的喧嚣隔在外面
粗砺的红砂石
在阳光下，仿佛也有了灵魂
显得整洁而安宁

熏风吹过
草坪上的金色花，绚烂、静美而神秘
无法用语言描述
也无法让我
变成其中的一株木棉
静静打量，半身青铜像上
金牛座的泰戈尔
婆罗门种姓的泰戈尔
刚刚回到《吠陀》和《奥义书》中的泰戈尔
没有声响
也不期待有任何回应

在恒河边

每个人
来到世间走一遭
不过是为了踩一脚对岸的泥泞

在恒河边
必须借助一些场景、仪式和氛围
才能体验，黄色的土
与浑浊的水构成的恒河
它的宽广和神圣

一头母牛浸在水中
不时让恒河没过头顶
牛尾巴扫起一串水珠，在天青色的空气中
画出一道美丽的弧线
身着橘红色长袍的僧人
盘腿坐在河边，双目紧闭，双手合十
喃喃念着经文

河边洗衣的妇人，离祭坛不远
欢快的水声
充满纱丽般祥和、温暖的色彩

“你知道哪里坐船，
可以渡到对岸吗？”我问
“哪里都行。”一位抽着烟的苦行僧
静静答道

郑小琼

白云山·8首

溪　边

在溪边，我以为波浪是永恒的
它们日夜流淌，发出古老的声响
又迅速地扑向岸边，缓缓消逝
江风吹拂过洋槐树与风信子
蓍草摇曳春天的幻影
闪亮的空寂在江面颤震
栎树林的上空飘过一朵心形的白云
一小块野葡萄林站满江边的山谷
几棵尾叶桉树让我着迷，它们树皮剥落
白色的躯体仿佛我胸中的块垒
塞楝树与南洋楹投下浓重的阴影
油茶与吴茱萸兀自站在坡地
一棵折断的紫薇把树枝伸向
溪边的蕨类与荆豆丛，遥远的山谷
牛啃食野草，一小块荒芜的菜地
只剩下芭茅与芒草，几棵曲柳
停着灰脖子的鸟，用叫声传递春天的弧度
我在江边寻找那些无形的波浪
那合拢的碎浪间有一股谦卑的力量
从瀑布折进溪流，复注入江河
那山间狂野的硬汉变成沉默的渺茫

进　山

一路上，我们谈论山道上的栎树林
在浓密的雾间，它们安静而肃穆
我伸长手臂测量它们的直径
藤蔓从它们的躯体垂了下来
我们谈论寂静中空空荡荡的灵魂
山道摇晃的树枝，路旁孤独的石头
我们谈王维空灵的诗、道与诸子
山水画的意境，空白处的禅意
远处的山谷与幻象的白云、流水
辨认山道边的茱萸、木槿、野山茶
我们谈论它们的习性与功能
沿通往山寺的山道，只有安静
在山道间悬挂有力的安静
此刻，几只鸟飞向不远处的栎树林
它们的叫声，仿佛伸长枝杈的栎树
蓝色的雾从对面的山头漫了过来
我们把鸟鸣留在背后静寂的栎树林

朝　露

朝露沿松树洒落在苦艾叶上
群山安稳地从两边耸起
山口：起飞的树，凝固的寂静
两颗孤独的晨星陨落在寥廓中
我们坐在松树下，没有出声
三五颗松针落在我们的头顶
几声鸟鸣被雾气淹没、溶化
空气像浮冰，纯粹而干净
宁静从松枝悬挂下来
远处的河流在早晨的灰色间
它泛白的水面闪着雾与光
一枚松果落在我们怀中，你说
它在测试我们内心的孤寂
而此刻，我们坐着，谈论沉重的肉体

禅、露珠样短暂的浮世，不远处
栎树林将它们的身体涌向山顶
几棵野花把身体俯向大地……

暮　色

黄昏的光线在平坦的原野奔跑
我从枝杈间聆听蛾蚋对火与光的救赎
尘埃在光影间漫起窸窸窣窣的声响
菟丝草沿棘刺丛无尽地延伸
清凉的月亮以缓慢的姿势涌上山岭
空荡的山谷一棵秝秸花在等待晚风
吹拂穷途的暮色，野鹭鸶在溪边
跟自己的阴影谈论日渐凋零的秋天
湿润而清晰的寂静从远处的栎树林溢出
它无瑕的醇郁，有时我仰望
苍穹间的星辰，它们沉默——
像溪流中的白色石头，它们在头顶
嗡嗡作响，带着潮汐野蛮的力量
穿过漫长而孤寂的岁月，将光线
投照在我的心坎，我能感受它们
舒缓、缥缈的细腻，此刻我经过
溪边的榕树林，渺小的月亮长照

山　塘

从山谷的池塘间捕获暮春的微茫
它潮湿而清晰的寒意来自桃花涧的内部
古樟树垂下古老的阴凉与巨大的静穆
三两只鸭子用蹼划开山间寺庙的经声
溪边的松树林间沁满鹧鸪鸟声的汁液
在人迹罕至的山谷，几棵白花檵木
它们白色的花瓣飘满蜿蜒的山径
竹林的虫鸣曲折而丰盈
倔强的枫树和悬铃木屈身池塘

灰鹤站在褐石凝视从水面折射条形的光
蚊蚋与灰尘，它们短暂的宿命
灰鹤低头审视停留在石头的阴影
用尖锐的喙梳理羽毛和波浪的皱褶
树林间漏下的光线带着暮春的花香
蕨类植物的安宁，我站在树下
树叶滴下来露珠样的寂静
在我的四肢恣意地伸展，像波浪
沿池塘朝空旷的山谷延续

夜访能仁寺

暮色加深乱石丛生中那棵桉树的腔调
透过树荫下清苦的苔藓和干涸的溪流
星辰在我的身边聚集，向左的山道
连绵数里的杜鹃坡，中间夹杂野牡丹
茂盛的垂柳萤虫飞舞，灌木丛里的巨石
有一种简易的美，夜色潜入未知的山谷
明月沿栎树林上升，寂寂的声音挤满
山岭的折痕，竹林的溪流有清晰的感知
我所愉悦的寂静正被时代与繁星削减
它们一点点撤退，成为阴凉处的小块地衣
以及山体滑坡处昆虫的鸣叫，浩荡的
钟声抬高能仁寺的位置，高耸的凤凰木
隐身于紫荆花丛，杉树枝的阴影压弯
旧墓的石碑，以及凛冽的晚风间
那些在树林深处游荡的灵魂……

鸣春谷

我思忖群山的声响，山谷的青烟
摇晃的月色，舒展的水仙……它充盈的鸣叫
水用波浪擦拭灰尘、流云，我胸腔积满
难以成长的草木，寺院的钟声，石缝间的蕨类
蝉的薄翼，流水深处老朽而陈腐的群星

我试图理解山谷湿润天空里的灵魂
凤凰木长豆荚内的语言，植物们变迁时
倾斜变形的倒影，动物们沉寂的肉体
在荒蛮的空寂虚荡后浑浊的欲望
火焰的瞳仁中闪烁一种新的听觉
那些克制的光与影，在断枝与灵魂的交叉处
反光、抽条，它们的声音，阴郁而沉闷
紫荆豆荚里的空旷炸裂，危险而耀眼的长叹
穿过树影悄然投在溪间的石头上
月光敲击水波与石头的颗粒
山谷嫩黄色的声音被落花传递到很远
我坐在溪边倾听寂静恢复它本来的模样

望　山

夜空在山谷间制造出一块块未知的形状
星辰在高处傲视千古悠悠
古木香樟在半山腰呈现历史的复杂性
低处的溪流孕育真理的简朴与深沉
我在山道间游荡，穿行于世俗的荆刺与松树林
寒武纪的岩石充满虚构的力量
废弃的界碑拓展荒芜的庄稼地
溪畔的夹竹桃绵延到空荡荡的旷野
半山的凉亭渐趋清晰的飞檐
它有一颗朝天空进取之心
昆虫的鸣叫把我带进暗淡的灌木丛
我短暂停驻，听它们的演奏
啊，这低处的生机，仿佛我已变成一个
飘逸的音符，这转瞬即逝的宿命与孤独
混合痛苦与丧失的一生
我总想追随眺望的山顶，而朗月之下
是翻腾的松树林和群山孕育的苍茫与寂静

紫衣

如果黑暗一息尚存·7首

中　原

我有出世的晚祷词和入世的清脆钟声
在鸟的苍茫水域，大地的墓碑向
我弯曲。

我的躯体斜卧
在沙石和苍树之间
阻挡暴洪的侵袭。候鸟在我的睡眠中
看见永恒
我爱它们
在人造天堂
高举别人沉重的理想，抛弃大地和农舍
从中原赶往令人沮丧的都市柏油马路生活。

魔都的工人抡起钢钳
光束内冲出七对天鹅
氧焊机“嘶嘶”响着，连结
夜晚和黎明，是森林
一把耿直的梯子。

我爱，我每天猜一百次
每天旋转的门轴：槐树就是松塔
在寂静的日子里，它们不比人间
偏见的浮萍和泡沫，理解我。

如果黑暗一息尚存

如果黑暗一息尚存，我愿意和他们站在一排
嘴唇皴裂，两手低垂

仿佛月圆之夜，牯牛被赶入候宰场

爱洁净的兄弟水獭和鹈鹕
捡拾
时间冲刷的白骨
荒年里割芦苇的驼背与一条鱼
坐在深水里聊天
炉膛映红了年轻的母亲，奶水
滴在灰烬的胎记上

我不知暴君一夜如何长成
在每一座村庄废墟中，布谷鸟的猫叫声
诉说凶年
加深了寂静的忧伤

小　雪

蜘蛛用细细的节肢抓住大地
影子如树影被拖走
我沉迷如降雪的痛苦。

西风切过厨房的卷刃。

楼梯的咳嗽声，是悬在十二月
冰河上的铁索环。
百褶裙内
蚂蚁感觉不到树在倒立。

他曾渴念我，在肩胛骨上死亡的炽热
如此诱惑。

但我们不睡在一起。

只有一棵海棠树斜着余晖。吞咽下我们爱的
另一个天空
正被挖掘机碾压。

所有致幻的事物单纯如上帝的胆汁。

我们如此靠近，我如此笨拙
从你手指接过的小鹿一闪不见
回到你嗓音的松树林去。

她牵着一匹黑马

在沥青湖里
工人日夜搅拌肠子和泥灰
在血色的黎明之前
它成了路

我们同行。一直走
你在瑟瑟发抖，我紧贴的面颊
如此低垂
无人知晓，在初鸟的街道她
牵着一匹黑马
在第九棵柳树下，邂逅

换下的马蹄铁，在鞋柜上
摆成一溜，嗅见闪电和野花

铺成一席床单。你的骄傲
新蓄的胡须，为从前拥有

她低头系纽扣，偶尔窥见
于是她带着它们往深处走
用你脚踝的伤疤和卷曲的绒毛
她会是下一任骑手吗

我的外省少年?
你在瑟瑟发抖，我紧贴的面颊
如此低垂

哦！握住手中的蒸汽熨烫机
喷出幻象，一朵硕大的水仙花
在视觉里淋雨，它问
她会是骑手吗?

徒劳，被选中。带着伤疤的
词
她一直走，小径
穿过。从未来过的房间深处。

论自然性

我不得不允许他们中的任何一个
在死去和衰败，
而一根芦苇被砍头后，
又在下一个鱼群聚拢产卵的时候，
站在石头的旁边。

那个少年穿格子外套，
更像秋天长大的一位父亲，
迎接候鸟回家。

他无声地宣誓：这里每一个
正方形房间都是你的，
你肩上绽开
紫罗兰的凋魂，只为我。

乞力马扎罗的雪①

无雪的柳树旁，那个
少年脖颈
陷在灰织布的水霭中

我在未来的日历望他
微翘的嘴角，神秘又尖锐

心的蹄子沾着晚星
瓦蓝的漆，捉住
树汁的天牛。它的勇气
将为一名出色旅行者

触角嘈嘈经过
铲车刨挖的路面
它最终攀向树梢的
星星宫殿
还是坠向失去耕牛的烂泥？

是什么使她成为盲目的妒者？

小窗虚影。在肮脏的洗浴室
或者电影院，用甜蜜的吻
培养生活的困惑
他和一只麻烦的兔子？

他的身后居民落水管内
嘈杂的生活之网，鱼鳞片
和腥味的金铃子歌喉
他低头玩手机，风帽压垮浓密
的黑发

沥青涂鸦着天空，她的凝视
渐渐失去一片叶子的垂挂
枯枝奏出一个国度

少年抬头看见吗，在枯萎的
空气中

虚无是一卷没有思想的
乞力马扎罗
消失的雪
它孤独，甜糯，分离，米白药丸

它非洲！
它易碎！

当光的钥匙哐当扭开
公寓的铁门。门内

猫踩着碎步，消失在枫树墙的
后面
像喜欢的人不见了
那几日

①乞力马扎罗指有“非洲屋脊”之称的乞力马扎罗山。此诗纪念“赤道雪山”，在冰川融化的气候里不久将会消失；也因我们人类祖先从那片炎热地带迁移至今，在上古时期的人类就认识了爱和虚无乃终极意义。

欲　望

挣脱锁链的夜街
疾走在我们中间。

微眩的吻
如天空之饫流血。

我欲望：少年的嘴唇沙发，
在月亮的卧室爬升。

我抚摸手臂的血管之树。
我们孕育出一首诗。
从腕部输送到鹅毛般纤细的指尖。
夕阳下，古铜色的顽强的小生命，
词和青春痘。
灰鸽子。

炭马

我不知道死亡是否也如此·6首

公园里

公园里，一个儿童驾驶玩具汽车
空旷的广场上没有别的儿童
加入这孤独的游戏

他向左向右，循着心灵的线路
那里这里，虚拟出红灯绿灯
十字路口，以及关于世界的地图

他驶过，载着沉重的父亲
那是一半的父亲，父亲的另一半
垂顾手机，并不在游戏之中

他载着一半的父亲继续奔驰
不时揿响喇叭，分裂的父亲不能察觉
此刻正驶入一个复杂的迷宫
他贯注全神，载着完整的父亲

鸟　巢

冷风吹着树杈间的鸟巢
一个枝叶堆叠的家
我在想，门窗是否合缝

大雨天，鸟巢任雨水浇灌
我在想，它们如何设计屋顶
它们的地板是否干燥

我的孩子们确信，鸟的家园
和坐着听故事的家一样坚固光明
天地之间，这承受夜之重压的憩所
也装着爱，也装着梦

清晨路过鸟巢，我听见阳光
拨响了一架愉快的乐器

阴雨压迫着

阴雨压迫着
他敲击着冗长的文稿
停滞的一刻，他看到
在阴雨和大地之间
奔走的人们撑着一小片伞

有那么一刻，他尾随他们
穿街过巷
当他回头，屏幕闪现一面阳光普照的山坡
绿草茵茵，繁花灼灼
覆盖了累牍连篇
一切或只是幻境
只消鼠标轻轻一击

可是阳光普照的山坡多么美丽
阴雨压迫着，他举行了
小小的
小小的罢工

狭　窄

儿子在白色稿纸上画画
画恐龙，画鲸、鲨鱼……
都是庞然大物
他的画笔时常超出边界
画到地板上
画到白色家具上
布沙发上
墙壁上，甚至自己的裤子上
相比那些庞然大物曾经占据的陆地和海洋
这稿纸太狭窄了
相比它们横冲直撞的本性
这世界太狭窄了
相比那些想在大地上画满窗子的人
我觉得儿子是真正的孩子
我说画就画吧，儿子

我天赋贫乏活在这世上

我天赋贫乏活在这世上
我活在这世上拥有幸福的一点点念头
我怀着幸福的念头
写下贫乏的句子
面对世界我嗓音低微
我怀着幸福的念头活在这崎岖的世上
我生活的世界阳光闪耀
也黑夜沉沉
我怀着幸福的念头活在这美丽的世上
就像一朵花无论如何都要开放
我怀着幸福的念头
像闯入图书馆的好奇的孩子
不识文字，痴迷插图
对满架的知识毫无愧疚

我不知道死亡是否也如此

我不知道自己昨夜如何入睡
我还记得上床已是深夜
对面居民楼灯光阑珊
在此之前我换上睡衣
关灯前我翻了一会杂志
黑暗中我纠缠着白天的一点事情
随后我感到困倦，闭上眼睛
我不知道自己如何将之放开
如同白昼退出房间，星空下
我终于开始另一种生活
清晨，运动手表显示了昨夜
何时入睡，包括何时浅睡，何时深睡
但它无法让我感受濒睡时分
无法说出白日杂事究竟如何退出
我的头脑，这颗疲倦的灵魂
如何一点点沉入那真正的宁静
我不知道死亡是否也如此
但愿，那是一种相似的幸福

南歌

相对·7首

潜　艇

悄悄地，潜入这片东方陆地
坚硬的外壳。绕过他上班的大楼，他的睡眠
切断思想的信号。无线电静默
在这座城市的内部，我们打造自己
我们的任务——深潜，记住
密码。借用路口红和绿的闪烁
稍稍地喘口气。“鱼雷猜它，但是不知道
答案。”我们越来越深，但是去哪儿？
下潜，“哪儿”正向“这儿”靠近。

待业漫兴

几个月，又几个月，佛陀哦
于四壁中枯坐，脱胎出反骨
道理倒立，野兽重新学习走路
先左还是先右，世界再诱惑
抵不过二维码的一次浓缩
点击APP，按摩恐惧和忧郁
死亡在考察你，每天填写表格
对你满意，在你的档案里添加脚注
它低沉的嗓音说——且慢
仿佛有一个希望等你去捕捉

像后背的一只跳蚤，痒着，咬着
窗外，风号与鸟鸣，都变得紧迫
口袋里，羞涩的余额：一首诗

雪的片段

雪一片一片落下
纷乱，静谧，关于寒冷的表决
庄严进行。
本城多年未接到雪的指令了。
他在窗口统计，犹豫，考虑重新
回到人民的行列
像杜甫那样为茅屋写诗
跑步，吃黄焖鸡米饭
让脂肪的水位降到青春期
为雪铸一座银像，
再强的阳光也不能将它融化。

海　边

一遍又一遍地走向海
祈求它，伸出柔软宽厚的舌头
将我吞噬、溶解
一粒盐回到故乡
在它伟大的胃里休息一会儿
我坐在海边，无用的多余的
费解的一粒
从大海的内部析出
在海边，我像大海眼里揉出的一粒沙子
一生中有过坚硬的礁石
邀请我，诱惑我
让我把全部交付给它
此刻我愿意是一艘沉船
在海底抽出长长的根须

妖怪词

白天，他是火炉里燃烧的豹子
走上街道，顺着耻辱的花纹活下去。
焦虑像一朵花开放，甚至能闻到那种
金币的玻尿酸。这个城市更加柔嫩了。
他也写作，在月亮打卡下班以后
更多的黑词从笔尖偷渡而来。
母亲，那个让他降临此地的人
一共在他的诗中出现过三次。
一次比一次消瘦。他在纸上
轻轻放下肉垫，故乡的轮廓在复现
看见那条河了，白鹭飞得轻盈
挖掘机刮骨后赤裸的盛情
“邀请你呀——你——冬日语言的泥淖中
脱颖而出的一个妖怪词啊！”
游进那浅湾，凉凉的月光注满身体。
顺着耻辱的花纹，走回街道
一头不断烧焦的豹子。

春　夜

我猜想那是一双怎样的手
孩童的或者天使的
刚刚抽出的嫩芽
可以拂动微凉的春夜
抚平一个陌生人动摇的心
我回想着那是一个怎样的夜晚
对面公寓的某个房间里
那是一首什么曲子
在琴弦上跳动了一遍又一遍
超越喇叭，咳嗽，尖叫，广场舞
它在练习一种劝慰
它像对着我的心说
嘘！安心做一个哑巴！

汉语纵队

这么写，又那么写，汉语的雇佣兵
混编进生活临时招募的游击纵队
南下？北上？在夜晚急行军
甲骨编织的弹幕
切割肉体而没有疼痛，血
黑色硬币，抢购你的命运
咬碎自己，让影子们戏仿
电动车绕过慢悠悠的老年公园
你像流浪猫叼来夕阳，在那儿逗自己玩
精英们和平了。吃完无产者炒鸡蛋
为五百块钱，给阳台抽出的外来词语
浇点水，修剪过于茂盛的枝叶
点击首页，一个小资本家嘘的一声
幻象：一个个新词剥给你看

星芽

失踪的蜗牛·9首

现实主义的牛

枕巾上印了几头现实主义的牛
一半的牛角朝东　一半的牛背上
染了黑痂
牛像一种神谕
在灯火通明的屋子里　父亲母亲
分别抓住它们的犄角和尾巴
几头牛在同一块枕巾上
被拧出肚子里的溪水和野草
抖干净蹄子上的泥苔
在衣杆的尽头　它们继续淌汗
牛的五官被挤在了一块
像一张印象派画作
眼睛扭进了脖子　鼻孔扭到了肚脐
而父母从不会怀疑
几头牛的本质
当它们慢慢出水
在太阳底下松干膨胀
蹬蹬牛蹄
清清牛嗓
一半的牛角　仿佛收到了指令
又齐刷刷地朝向
现实主义的东方

齿　轮

这些年我听命于身体里小小的齿轮
它们往西转动我的步子就不会迈向东边
它们睡着了我在书页里低头
食用青草学会了钻木取火海底捞针
修理失眠的右眼
给身体里的犀牛野豹子
补一补牙，为它们制作
防水的面具和胶鞋
醒来的齿轮是一连串
铿锵的冒号。它们往西转动发出的
可能是父亲的声音
兄弟姐妹的声音
教授的声音
上司的声音
睡在黄土里爷爷舅公的声音
活着的人牵着我走进羊群
喂给我黄金和螺母死去的人
依旧在梦中对我滔滔诉语
而我肚子里的青草仍在徒劳地蹿长
多么亲密的齿轮口以继夜消磨着
奔跑的野豹和犀牛

失踪的蜗牛

瓦砾下的蜗牛在我的眼底失踪了
它脱离了一个区域　甚至一种视觉的制度
不再是我昨夜见到的那只　被眼睛省略的那只
更不是梦中和我争夺粮食的那只
它只从瓦砾爬到了土坡　这一段不可挽回的过程
仿佛诠释了爬痕的谜底
而蜗牛的失踪也类似于人本的失踪
以及理性的失踪

我看不见它的软骨　以及壳下更隐秘的东西
连形体都覆没于苍茫　甚至在多年以后
当我重返这个被智识所驻足过的地方
在那些比苍茫还要更宏大的废墟里
我能否掘出一具娇小的劣壳　上面是层层裹覆的织网
而我相信　它不再是那只被时间抛弃的蜗牛
它将重获永恒　在同样迷失的人群里
发出一声紧扼咽喉的呻吟

雨　靴

整个十二月　父亲在清理一只
废旧的雨靴　把蓝色的翻口朝向
壁炉　炭火肃穆庄严　靴内的宁静
被父亲极偏左的手臂捣空
犹如干枯的镜片里流不出蜂蜜和果实
而附近的水龙头依然喧哗不息
多出来的鱼籽　辣椒　被一一装入盘子

父亲想和这只雨靴一块沉默下去
在这栋房屋的两个面上
一半阳光普照
一半的急雨被一只靴子藏纳
他推了推套在指头上的抹布　将一块污垢
推进另一块污垢的黢黑里面
刷洗其日益枯竭的蓝色　被磨平的后跟
不断拭去它渗出的雨

冬天的馈赠

抹了蜜糖的收音机　以一只马蜂的方式告别双耳
更多的亲人跑到冰花上去喝冷冻啤酒
那是在一个别样的冬天　艺术家试图从甲鱼的身上大做文章
微苦植物的小刺果们　赶走屋舍周围的野兽
我们一会儿去河的上游垂钓

一会儿拧开笔头听宇宙的声音如何在诗歌中死去
雪簌簌地落在瓦檐
一个时辰的酒宴后　继续劳作的人
将要搬开木桶　把辰星一点点地装回盐袋
尽管父亲曾经教给我们唱诵圣歌
除了劳作　就要感恩天空土地
除了劳作　我们剩下的就只有眼前的这座小木屋了
每天　父亲把肥沃的雪块铲走　拿苞谷喂食麻雀
像这个冬天对待我们一样地
以在寒气中打旋的荒唐形式　几片雪花
给予我们幻想的牛奶与炉火

城市里的苦菜苗

他们从乡镇田沟里挖来的苦菜苗
是用那种独轮木板车一捆捆搬运到城市饭馆的
对于它们　我只是沉默的旁观者
热腾腾并冒着清香的苦菜苗总是无人问津
便肆无忌惮地凉下去　盘子的瓷边
也坦然暴露在清冷的绿色里

十多年来　我经历过无数次这样的场面
却迟迟喊不出它们的名字　只能用“这类或那类蔬菜”替代
也不知道这些被生活安顿的苦菜苗
会在哪一个人的眼睛里分裂出新生的痛感
在这座横贯着镂空流苏塔的著名城市里
远离乡镇数百里的餐桌上
将不会有一个人知晓

深秋的大峪街道

一到秋天　我体内更深处的空白
就哗哗坠落　并将持续
用悬铃木的树籽斟满那些苦痛的幻影
回到人群稀少的地方　再装聋作哑

整条大峪街道都是安静的
这让两边杂货铺偶尔飘出薰衣草香
皮革和鹿茸角的味道
都挤在静水深流处
我还看见一个翻过自家围坝的跛子
那样子像极了一朵刚刚出墙的红杏

这些年　许多被我用掉的日子早已离开了自己
不知道会被哪一个街角的孩子捡到
把它们像鸢尾一样从自己的手臂和脸颊上吹开
但这个深秋并没有人会在意并重复我
用我这副身体再走上几条榆林遍布的街巷
到了八点　路上的行人越来越多
我打了一个冷战就钻进一家暖人的早点铺
要了一碗米粥和两只煎包

炊烟以下

那些屋顶一吹就倒
那些食盐是女人们从泪液中
一颗颗过滤出来的
可腌菜坛子窖米酒
她们需要在晚饭之后
再把村庄里的炊烟做成漏斗
装羊羔牛崽的细软声
装江头初降的静默木梁上风干的
红椒腊肠
装女人们深闺中的嫁妆口红
把麦秸地也赶得金光灿灿
孩子们坐在她们的围裙边
个子越长越高
脑门上都贴着几枚柳叶

谈死亡

我听说过的死亡是垂直的　也有弯曲的
像我画过的盘子和秤砣　死亡毫无斤两
真正见到的时候　他们都躺进了黄土
睡下后就有几只鬼压住身子

身体里更小的病　或者毒
比如感冒　上火　偶尔的关节酸痛
我出门梦游了一圈　它们就失踪了
我夜夜漫长的失眠症　终于和身体保持了平行
月光恰到好处　朋友会再与我谈论起死亡
无关人的死亡　而是风的死亡　牧草的死亡
白云石块的死亡　是的　一旦它们的器官衰竭
由我背部中空的椎骨　我会想起更多的亲人他们都曾鞭打过
那些死去的白屋顶　麦田
当它们从地球的一个支点
睡下去　鬼魂就会将更多压抑的事物
带入我们的身子

星芽，本名饶佳，1995年出生于安徽省黄山市，毕业于宁波大学中文系。代表作诗集《动物异志集》《槲寄生的分行书》。曾获第二十五届柔刚诗歌奖、第五届光华诗歌奖。2022年2月，星芽在秦岭一带登山时不幸遇难。

焦小健作品

《假山后的谋杀》

布面丙烯

185cm×135cm

2022年

跨界

Crossover

林海钟

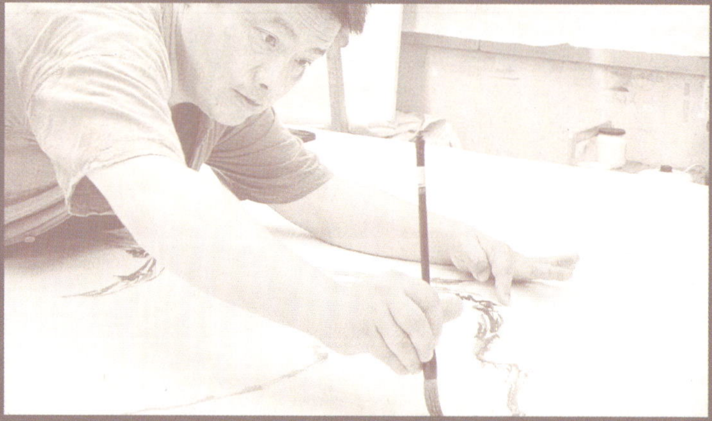

林海钟，号林泉阁主人，卧霞山人。祖籍福建永春，1968年生于杭州西湖之畔的九里松。现为中国美术学院中国画山水专业教授、博士生导师，书画鉴赏中心副主任。作品曾被中国美术馆、中国国家博物馆、苏州博物馆、上海美术馆、浙江美术馆、广州美术馆、深圳美术馆、伦敦大英博物馆等重要机构收藏。其代表作有《故宫 墙》《巴蜀大景图》《钱塘大观图》《天台国清雪意图》《鉴真东渡图》《武当真形图》《太虚震泽图》、灵隐寺济公殿壁画等。

被误读的中国画

林海钟

问：林老师您曾经指出中国画被误读，请问是什么原因让您得出这个结论的？

林：中国画的现状是五四以来对西方的学习，用西方的观念或者说西方美术史的观念来写中国美术史，使得中国人原本比较清楚的中国美术从解读一直到创作都发生了巨大的变化，这是一种认知惯性，使得现在大家已经不是很清楚中国画到底是怎么回事了。

当然这只是现象上，中国画被误读的根源是中国文化被误读。实际情况是，经由近四十年的改革开放，21世纪的中国迅速崛起为世界GDP第二，这是鸦片战争后国运的大翻盘。近些年来，我观察到一个非常重要的现象，中国现在的知识精英阶层，文化保守主义全面复归，即重估传统，再造价值，影响于政治，就是文化自信。从1840年之后，国家最高领导层和知识精英阶层，从未在这个问题上形成过如此共识。1840年之后，尤其是到甲午战争之后，国家在制度层面上彻底失败了，中国最先进的知识分子，当时普遍一致怀疑我们的文化根子出了问题，如李鸿章说的“三千年未有之变局”。当时，我们对社会学、政治学、科学、历史的认识没有这么精确的时候，怀疑自己的文化根基，认为我们的文化根基没有现代性，中国文化，或者说以汉语为中心的东北亚文化圈整体落后。所谓的现代性——代表人物是陈独秀、胡适、鲁迅他们。在“五四”前后，他们的主张本质上都是全盘西化。比如迅翁就讲古书大可不必读，钱玄同说废汉字。

但实际上这一段的中国文化史并非都是如此，中国的文化保守主义一直是作为潜流存在着。不说曾国藩、张之洞，因为他们不足以代表。就说最先进的、接触西方的知识分子，以我的老乡严复为代表。严复先生晚年趋向保守，他在20世纪初面对的问题，实际上是中国人再过一百年重新面对的：如何看待自己的文化？这很有趣。西方学界是把严复看作中国具有现代意义的第一位思想大师，哈佛的史华兹教授甚至将这个问题称为“严复问题”。只有在这个大框架之内做出判断，才能对中国画做出判断，因为中国画是在中国文化这个体系内的。

问：您认为中国画应该如何定义它？

林： 中国画我认为它是中国人在绘画领域上的一个研究和得到的一个见解。这个见解既表达在中国画的形式语言里面，也反映在文化生态里面，它是中国人对于绘画这一块的发现。我觉得只有进入历史语境与文化框架去解读中国画，才可能会知道中国画原本是怎么回事，而不带有现代人的，或者其他的外来的因素。从这点来讲，中国人到底在绘画领域上面做出了哪些贡献？这个就是中国画。西方人当然在绘画领域上做出了贡献，但我们不能用西方的角度来解释中国画，拿外来的角度来解释中国画，对中国画原本的东西就不太了解了，我觉得这是误读的最大的原因。

五四运动除了思想上打倒“孔家店”，还在文学上打倒“选学余孽，桐城谬种”。陈独秀骂文人画很烂，当然他主要骂“四王”之后定为一尊的文人画，甚至已经是保皇党的康有为都认为中国画非引进西法不可。但是注意了，这里面有一种思维逻辑，即制度层面的失败意味着文化层面的落后，这是文化激进主义叙事的前置条件，再往深里分析，它隐含着一种西方的文化霸权主义，西方自己早就批判透了。

尤其是文化表达为艺术形式之后，成熟的文化在艺术上都表达为各自极其精妙的东西。干吗要去说它高级还是落后啊？你一旦陷入文化的高级跟不高级必然陷入这种逻辑：你不遵从东方的逻辑，你就遵从西方的逻辑。那么如果是我们把西方打败了，那我们可以说你那个透视不对，我这个才是对的。这样子的一种立论，一旦在文化比较上被采用，那就太可怕了，就丧失了文化比较的本意。现在已经进入了后现代社会，后现代非常尊重的一件事是什么？就是文化的多样性。

前几年西方一位社会学和文化学大师去世了，叫丹尼尔·贝尔。他有一个非常重要的理论，他反对德奥体系的哲学逻辑建构。德奥体系在本质上表达为一种金字塔结构，经济基础决定上层建筑，上层建筑包含什么？哲学、艺术、思想、文化。德国哲学跟西方哲学，文艺复兴开始的，这个可以更早地追溯到柏拉图希腊的逻辑思维。再比如心理学上的马斯洛，吃饭、保暖、性欲、繁衍，再上去安全、自由，最后人的实现。不管它里面装着什么内容，它就是这种逻辑建构，框架就是这个样子。丹尼尔·贝尔不这么认为，打个比喻，他认为文化跟经济、政治的关系就像马来西亚的双子塔，它们不互为基础，但有关联，他这派理论成为不了西方的显学。

问： 五四运动以来，东西文化的碰撞使得中国传统文脉出现了断层，那么您认为与传统一脉相承的中国画新发展应该是一个什么样的面貌呢？

林： 这个我觉得是现代的一个课题。为什么这么讲呢？五四运动以来，西方的工业革命，他们先进的科技的确为我们现代这个社会做出了巨大的贡献，也影响了我们东方。在文化领域，我们因为如此也觉得绘画这一块也是应该学习西方。从这点来讲，中国人已经开始放弃了原有的方式，完全的开始学习西方，或者说认为西方代表了先进。所以五四时期的青年们、精英分子们放弃了传统的观念，开始学习先进的西方。绘画也是如此，其实对于中国绘画原本的那些东西还没有进入很细致的研究，而因为这些原因放弃了，大家都在努力地学习西洋绘画，包括素描的引进、西方的现代派、西方色彩等方面，都在不断地学习。的确把西方的东西都学进来了，但同时由于这样的一个前提，使得对中国画这一块不太有人再去关注它。一百年以后形成了断层，再要回过去，需要一代人，要花很大的力气。一百年的学习到了现在，中国也很现代化了，可能作为中国人本质里面的心理也会考虑我们中国自己的东西是否是不好的。我们现在的城市也是西洋的城市，服装也是西洋的服装，原本东方的那些东西就变成博物馆了，或者说变成曾经有的一种文明。作为中国人来说，肯定是不愿意看到的，这也是年轻的一辈开始考虑的。我觉得我是其中的一位思考者，因为我的老师辈是学西洋的东西，引进西洋的东西做出了很大的贡献，同时在他们的创作和研究上面很有意思。作为我这一代我就开始考虑，是否我们中国的这些东西真的是不行，或者说是不是真的把它们丢到博物馆里面以后作为文明来看待。首先我觉得这恐怕要重新考虑，因此我开始对这一块进行研究，开始研究老祖宗的东西。我在读书的时候，读的美术史是按照西方人编写美术史的方式来解读中国美术史的，但我在学习古代典籍的时候发现恐怕不是这样。

再回到文化层面，虽然传统文化出现了断层，但并没有断绝。我一直强调鸦片战争以来的中国文化史并非都如显性叙事那般，中国的文化保守主义一直是作为潜流存在着。五四以后，我们读的新文化史是以陈独秀、胡适、鲁迅为代表的《新青年》这一路。他们是文化激进主义的代表，全盘西化。实际上在当时的知识精英阶层中还有两本非常有影响的杂志，一本叫《甲寅》，一本叫《学衡》。这两本学术杂志是文化保守主义的阵地，以王国维、陈寅恪为代表的文化大家都在上面发文章，他们都是殿堂级大师。20世纪20年代以后，胡适先生就发现了文化激进主义的问题，提出了“整理国故”，他的学生如傅斯年、顾颉刚也随之转向。而在绘画方面，陈师曾先生对中国画，特别是文人画的意义有很精彩的论述，很可惜，解放后随着徐悲鸿先生的主张在政治上的强势，边缘化了，但是依然存在着，就是以潘天寿先生为代表，以浙美为阵地存在着。

林海钟作品
《碧云瑞雪图》
200cm × 400cm
纸本设色
2021年

林海钟作品
《天台国清寺雪霁图》
220cm × 500cm
纸本
2009年

前段时间我一个学生在微信上发了一条关于王维如何创新，我就回了他一条：如果说王维还活着的话，你说他是创新，他一定觉得莫名其妙，因为他压根不知道创新是什么东西。也就是说他们是如何考虑的，需要我们去研究，还其本来面目。中国人对绘画的思考曾经是怎么样的，我觉得先要了解再说，我是这样的一个态度。

问：不能为创新而创新，但应如何反观传统的本来面目？

林： 因为我觉得创新这个概念是这一百年来的，在之前其实没有这个词。中国人对绘画这一块的研究，他有他自己独特的角度，并不是一成不变的，他在变化当中。为什么会变化，是因为创作者的目的变化了，他的形式等也会发生变化。这就是我们在研究的中国画的立意问题。现在应该到了需要修正的时候了，修正的不是文化根子，而是我们自身对文化根子的认识偏差。

但是问题出来了！怎么修正？三皇五帝、天球河图、风水卜卦、丸散膏丹都先进吗？不是这么回事。有个前提很重要，你看历史是从多少年看，从1840年以来看是有问题，你用300年、500年、3000年看呢？小麦是外来的，“麦”字源学上就是“来”。水稻是输出去的，辣椒是外国来的。中华文明是唯一从古至今不间断的文明。

在足够长的时间纬度里才可以得出一个文化判断，那就是清末民国时期，一直到解放后的我们称之为国学大师，以王国维、梁启超、陈寅恪先生为代表的文化保守主义。他们承认中国落后是政治制度层面的落后，他们也不否认一定程度上我们的文化也僵化落后了，但他们不认为我们的文化根子出问题。中国的文化基因非常厉害，是世界上唯一未断绝的文化，它吸纳、消化、生成。比如佛教研究，陈垣先生、汤用彤先生、季羡林先生，他们不断地考证佛教传入中国的路线。他们老去考证这些东西干什么？是证明中国的文化具有吸纳外来文化，消化为自己的东西，最后再生成。中国文化最核心的东西是什么？儒释道。儒、道是中国本土的，释是外来的；最核心的都可以是外来的，说明我们的文化没有问题。从科学上讲，我吸收你科学的，也能创造发明赶超；从政治制度而论，我也能吸收，变成我们的治国理念和制度。

问：路虽漫漫，我们一直在路上，我们知道林海钟老师作为中国美术学院的教授一直在研究这个问题，您认为如何在实际的教学入手来解决这个问题？

林：在教学方面，我认为对传统的研究不是一个人的，是一代人的，既要有古代大儒“兴灭国，继绝学”的志向，又要沉潜往复，做好桥渡，所谓“薪火相传，一灯不灭”，已经功德无量了。你需要学生们一起，比如说我们讲的中国人在绘画方面到底做出了哪些贡献，我认为学生们是同参，我老是和学生们讲，因为学生受老师的影响，所以老师把他带到了这样一个方向，是一起来研究。因为中国的传统文化太过丰富，不是说简单的一两个人可以把它搞定的，需要很多的人，需要集体的智慧。就像上一代的人通过西洋的引进，把中国画变成现在这个模样。如果说下一代人去研究中国人在绘画领域上的智慧到底是怎么样的，也需要一代的人。就比如说刚才讲的中国画“新”的问题，古人没有讲“新”，为什么要有“新”呢？想要美术史上表示它创作了一个“新”吗？我想绝对不是这么回事，中国古代成功的变革都是“托古改制”，西方也一样，文艺复兴打的是恢复古希腊、古罗马文化的旗帜，也由此可见创新必然是在对传统深刻认知的基础上发生的。

而且读典籍也不是这个样的，中国人从唐朝人物画非常的发达一直到后来的山水画、花鸟画。把山水画作为中国画的代表有它的道理。以前我们不知道，通过学习我们发现中国人最后会和山川在一起，其实与它对自然天地的感悟有关系。绘画的根本其实是对天地的感悟，对自身的一个感悟。然后以自身的修养、修行的方式使得自己在境界上的提高，境界上的提高使得他一辈子有走不完的路。所以说中国画很有意思，它是一个观念，一辈子如何让自己持续地进步，它不在于一个人天资有多高，能画到什么程度，它不讲这个。如果讲这个，中国人觉得这个是画工，它不是一个真正的文人境界。他们更追求的是这一生当中如何获得最大的对个人的身心有利的，比如说养生的观念。山水画如何养生？董其昌的“南北宗”，他研究到画风，画风的变化对你心理的影响。去年台北有董其昌大展，其中有一张画是董其昌题的，大概的意思是他画了一张山水，江南的山水，题得很有意思，他画的是杭州，当时叫武林，武林有飞来峰，飞来峰在灵隐前面，他说这石头长得太奇怪了，非常的怪怪奇奇，所以僧人凿这个佛来震住这个石头，所以他说像这样太奇怪的石头我是不画的，这个观点就是他觉得太奇的东西对身心是不利的。所以他讲究比较中和的、散淡的心态和风格，觉得这个对养生很有用。中国人对绘画其实根本是品格上的追求，这个是很有意思的。

问： 我们在谈到中国画山水画的创作的核心围绕对自然，对人心的天人合一式的表现形式其实一直没有变，这是中国山水画的表现规律，您认为山水画创作如何在这个不变之中寻求变化？

林： 变化不是我们要寻求这个变化，因为我在研究传统的绘画和画论。我觉得有一点很重要，他们是以悟到绘画的根本为目的。绘画有规律存在，这个规律是需要去悟到的。你要把它搞清楚，不是说你生下来就明白。比如说笔法这个东西，就像佛家里开悟这样的境地。关于“开悟”这样的说法，其实在笔法的开悟上典籍里有很多的记载。比如王羲之，他喜欢养鹅，后面有人点评说王羲之喜欢养鹅的目的是在于鹅的脖子，鹅的脖子很柔很韧，脖子曲像、遒劲的力量跟笔法是合二为一的。这个是王羲之对笔法的悟。

王献之是悟到有仙人传笔法给他，一下子知道笔墨、用笔的笔法。再比如说怀素、文同，他说是看到路上蛇在打架，扭在一起，突然悟到了笔法。也就是说，中国人认为绘画的根本是有规律在的。存在的这个规律，你看到了或者悟到了，你就突然地明白了，明白了以后你就获得了真正的逍遥游、自由。比如说当时我读书的时候，陆俨少先生给我们做示范，我的先生卓鹤君先生就说陆老的用笔自由王国，什么叫自由王国？你悟通了笔法以后，你自然到了很自由的境界，就好像有神通一样。在他的手里，我们觉得很难的东西他手到擒来，就达到这样的境界，这是一个境界。这就是我们讲的变化。陆老有没有变呢？在形式上面好像在变，但实际没有变，对笔墨的了悟这个境界是非常根本的。我自己研究为什么中国画从用笔上面进入，其实是有它的道理的。因为中国画研究到后面，中国人研究的结果：用笔的书写性是直接可以与心连结在一起，是最直接的一种方式。所以下笔的时候“砰”的一下，直接从心里面流淌出来。他不是工匠画，很累地去描摹；或者是写生，我们要画得很像，拼命摹那个形，摹那个形的时候其实你心中的东西就被磨灭掉了。中国人选择笔墨的方式、挥洒的方式来表达，我们看地道的中国画都是这样的。挥洒的方法他有很多的品，各种品格对挥洒的方式和人心会发生一些作用，这个就是一个很深奥的道理。

甚至说中国的绘画最根子里面东西就是：儒释道三家，儒释道三家是中国一切的基础。所有的基点从这三家出来，在绘画的表现上面又各有不同。但是中国画家把这三家全部涉猎到，并不是道家就是道家，儒家就是儒家，佛家就是佛家。道家讲天人合一，我们讲自然、山水画就是和道家合二为一的，没有道家就没有山水画。里面笔法直接从心出来的，最快的速度和心的契合，我们叫直接性，直接了悟的笔法又来自于佛家的认识，佛家就是很直接的，很直心的，“直心是道场”，这种直心就是最快的和心相合的方式。我们的大写意画，几笔下去，马上呈现。在张彦远的《历代名画记》里面讲到吴道子的画，他说：“笔才一二，像已应焉。”这是什么意思

林海钟作品
《鉴真东渡图》
2.9m × 5.3m
绢本设色
2016年

唐鉴真和尚东渡图

呢？画了一两笔，他的像就突然出来了，在你面前，他这一笔下去的精准和直接的意思，很清楚地描述出来，这就是佛家对绘画上面的贡献。我们儒家更不用说，儒家是基础，我们讲究古朴，绘事后素，讲究质朴的状态。我觉得这是儒家的一个感受，讲究中正、古雅，包括赵孟頫讲的“古意”都属于儒家的东西。实际上这三家是你中有我，我中有你的，不是很断然的分开。南宋有一个僧人叫玉涧，他很少有画传世，当时就在杭州灵隐寺附近北高峰那一带。他有一张画留下来，是一张很直接的大写意禅画，几笔就完成了。里面有个图章很有意思，他是佛家，他这枚图章上面写着“三教弟子”，也就是说每一家都不能够偏废，三家是整体，我觉得是这样。

问：其实中国画的创作和中国哲学思想是相辅相成的，中国画的创作不仅仅是技法上的磨练，也是一个悟道的过程。刚才您也讲中国画的学习这一块，其实我们中国画的沿袭有一个非常系统的过程，也就是临摹、摹古的过程，董其昌也提出以“古人为师”。您认为“以古人为师”与摹古、临摹有哪些异同呢？

林：“以古为师”这是我们学习古人，“摹古”是学习古人的一种方式。通过临摹，通过对先贤留下来的墨宝，我们面对它去进行参悟，这是我们学习的一种方式。其实有很多种方式，其中“师造化”也是一种方式，跑到大自然去体会，我们看到的东西为什么和古人不一样，为什么古人画的东西是这个样子，这就是我们要思考的。你所看到的东西和古人不一样，这就出现问题了。有很多人觉得古人不行，我画得很像，然后画一张，刻画得一模一样，古人画得不像我画得比较像，很得意。其实未必，但在你游历多了以后，你突然有一天知道原来他真是古人这样的，这其实就是一个提升，我也是这么过来的，所以说眼睛看到的未必是真实的。尤其在山水画特别明显，如果是人物画我们还很难讲，但是山水画的确是，哪一张山水画你去对景都对不上，但哪一张山水画画的不是这个地方呢，都是这个地方，这就是你要考虑的。我们通过对山水画的学习就知道，中国人能够画出山水画是一个了不起的创举，眼睛所看的东西是局部的，而山水画是一个总体，这是很了不起的。打破了眼睛所看的直接的感官的东西，达到了自然本来的面目。初学山水画的时候，我会给他们举例子讲小孩子画大人的时候，为什么会把头画得很小，因为他在下面看到大人会有一个透视，所以头小身子很大，这就是我们跑到山里面画一模一样的景就像小孩子画出的透视一样，是直接的感觉，不是山的本来面目。但是如果你对山川慢慢熟悉了以后，你会发现原来面貌是这个样子的，和古人画的一样。我们一到山里面看到好大一棵树，好大一块石头，把后面山挡住了，觉得山很小。当你不断地往上爬，你会发现树石好小，上面有那么大一座山，这时你就明白了原来古人画的真的是山川的本来面貌，而我是被角度所骗了，被眼睛所骗了，是这样一个感受。我觉得从山水画这个角度讲传统，和古代这些人是非常有智慧的。

问：您认为“与古人为师”的这个理念在我们当代山水画创作中有什么实际的意义呢？

林： 中国人对于山水画有一个研究和参悟的过程，在之前都是在学习当中，只有你了悟的时候，你才会真正地把持它、利用它。大部分的画家是没有资格创作山水画的，为什么？因为他对山水画根本不了解，“与古人为师”“师古人”就是一个方法，是快捷方式，因为古人是真正了悟的人，我们学习他的时候是跟一个真正有智慧的人交流，相较于你自己一个人跑到山里面去找是一个快捷方式，所以我觉得当代人还是要向老祖宗这样，把山水画弄明白了以后，你自然对实景，你看到的山川，甚至看到古人没有看到过的景色，这样的山川能够把持。如果你没有这个基础的话，把持是很难的。

问：现在有些山水画家创作的作品中充分反映南北地域的风格，您的一篇艺术评论报道，评价您的作品“古木寒林，萧条淡泊”，可否理解为这是北方山水的风格？

林： 它有两层意义，一层意义是自然山川里面有寒林平远这样的一格。“萧条淡泊”来源于欧阳修的“萧条淡泊，此难画之意，画者得之，贤者未必识也”。画家得到了“萧条淡泊”的境界，但看画的人未必能懂。北方有“寒林平远”这样的景，但也有其他的景。除了地域的影响，本身山水的品格是有的，你画什么样的东西很关键。前面我们提到的南北宗，董其昌认为崎岖的东西对人是不养生的，而选择平淡的东西。从欧阳修到董其昌，经历了这么多岁月，但所讲的本质是没有变的。山水画里面有高远、深远、平远，这是中国人对山水的一个总结，他认为山水给你这样的一个感受。论品格的话，平远最高，萧条淡泊就是欧阳修时代的人对于诸多品格里面认为“平远”是最高，到董其昌时代也认为“平远”是最高的，平远的景象是山水画高品位的东西。比如，倪云林画的是平远的，董其昌讲董源画江南真山，丘陵平缓的山形，这个品格非常高。在北方很难找出江南山那种浑然、古朴，它是比较崎岖的，但在崎岖里面他又讲到了萧条淡泊、寒林平远这样一格。有一个画家叫李成，他是北方山水画的代表，也是在中国山水画史宋代排第一位的大家，称之为“空前绝后的第一人”，他的画里面以“平远寒林”是最高级的。他也画了很多，比如像范宽这样的山水很雄浑的，但这样在品评上面不是最高的，“平远”这一格他是公认的品格最高的。我们在看古代的绘画里面，看名字，“高远”不是很多，“深远”的名字也不太多，“平远”最多。比如《乔松平远》《窠石平远》等。很多画平远的，在名字上就用“平远”这个词来讲。这是一个奥秘所在。

问：我们知道山水画创作上有个特别著名的方法论——“外师造化，中得心源”，山水画创作中如何在“外师造化”中升华，从“外师造化”到“中得心源”再到“天人合一”是怎样一个感悟过程呢？

林： 现代人的讲法是这个样子，我们“外师造化”的目的是什么呢？“心源”有很多颗“心”，哪颗才是对的“心”？这些都需要我们去研究，去参悟，对于“心”研究，儒释道三家是非常厉害的。我们可以去阅读佛家对这一块的理解，道家对这一块的理解，儒家对这一块的理解，这个可以让我们知道古人之心，我们称之为“古贤之心”或者说“古贤之意”，这个需要去参和学习，这个其实也是我们很难用一辈子弄明白的事情。中国画的确要活到老学到老。没有一个中国画大师级的人不是这样的，没有一个大师级的人在一辈子里面不是一直在进步当中的，无时无刻都在进步，都在学习当中。不是说我有一个高峰期有一个低谷期，他不是这么讲的，他不是生命的绽放，而是以学习和提高境界为终极目的。“外师造化”就包括在这个里面“师造化”的目的，就是要明白所想的东西是否能够印证，我们刚讲的品格的问题或者格调的问题还有包括选择什么样的技法等，都是在学习过程当中这颗心的证悟，没有开始和结束，是一个过程，在这个过程当中我们慢慢看出其中的奥妙。

问：林老师其实您的山水画精神直追宋元明绘画，这三个时代的山水画都有自己时代鲜明的风格，您是如何吸收继承这不同时代、不同精神面貌，为自己所有的？

林： 其实把绘画比喻成圆球，宋元明清绘画分别是圆球中的一块，其实它都是一个部分而已，并不是它的全部。可能这个全部还需要后来人不断填写，我们来说这个绘画有如此的奥妙，那这个奥妙在什么地方？中国人描述了这一块，可能西方人又描述了另外一块，作为我们学习来说，就是要知道他们在前面做了些什么。比如宋朝人对物理性做出了很大的贡献，画得非常传神，特别是人物画，到了南宋细腻到一天的变化，光线一天的变化呈现的，按照一天的时间的变化描绘的，非常地细腻，还有就是春夏秋冬。到了元朝以后，撇弃了色彩这一块，着重水墨这一块，一方面它有文人的心态，入元以后国家不存在了，所以对颜色这一块他们就不动了。因为颜色在中国人那里观念地位是很高的，动色的话是一个很大的事情，到了元朝就不太有人去画颜色，即便要画颜色，就陈留在工匠那，或者说对宋朝的追忆，他们会画一些颜色东西，基本上以水墨为主。在水墨为主的过程当中，发现了笔墨情性的东西。当然南宋也有这样的东西，但到后来就集中表现于文人画这一块。从元朝开始，文人就基于在儒家的基础上的研究，到了明清也是如此，它的品格等都建立在儒家、道家、佛家这块。直了的东西，南宋人像牧溪、梁楷他们这些，到了后来浙派，一直到青藤、八大都是有这样一个传承的。但相对比较少，更多的是像倪云林、董其昌这一类的文人画。之前有士大夫阶层，到了元朝就没有了，所以他们的研究可能跟这个有关系，比如说追求逍遥自在，追求平淡的生活，喜欢山林，在这个基础上面的一个研究。

焦
小
健

焦小健，1956年生于安徽芜湖；1977年就读浙江美术学院；1985年就读浙江美术学院研究生；1989 – 2019年中国美术学院绘画学院油画系教授、博导；2021上海大学美术学院油画系主任、教授、博导；现工作生活于杭州、上海。

流云——闪烁

焦小健

前不久我画了一幅登山求境的画，一老者登山的过程如此狼狈不堪，我感觉那是自己的自画像。

1982年大学毕业至今已近40年，在杭州的每一天我的头脑几乎都在琢磨着一些画面。我的意识和双眼总是不停地“观看”，世界被我看得千疮百孔，创作成了我生命中一次无尽的马拉松。生活中的真人真景我写生了二十多年，那是我每天的观察日记，也是创作，因为里面每一根线条都是我想画的。最近一些年我不再写生，而是往创作里增加了新内容：通过手机拍的照片，读小说、诗歌、历史、中外艺术史片断获得的灵感等。现实世界里存放的意识大量地涌现，溢到了梦幻世界里。早先我将杭州景云村的家当工作室，后来将工作室搬到了南宋时期的城隍山附近，再后来又搬到了一家羊汤馆楼上，现在的工作室在一个专门做电商的产业园里。突然发现自己不同时期的创作与更换不同的工作室场地有关，我的创作灵感源自生活底层，一种日常状态。

写生即创作对我而言是20世纪90年代中期最有诱惑力的事情。那时的周遭生活还是一片砖瓦旧墙，类似策兰的诗句——“夜宅诗韵，污泥中的喘息”。人生中第一次分配到住房，我首先将它打造成可入画的家——通过窗台画西湖，从高处写生杂乱得像垃圾般的城市大屋顶，写生巷子里的人。那时蹲在街边写生老百姓的日常状态对我而言是极具挑战性和兴奋的事。

2001年我搬到了城隍山附近的画室，我在有着古老的历史之地居住了近十来年。我的写生好像在阅读四本书：一座南宋时期的山，一个以西湖为背景的花圃，一群韵味十足的南方姑娘，一个填满物件的神秘房间，每天都有一页新的对话和阅读，我和我画的模特、山、树、房间里的物件对话。我会读出比例、尺度、光线，状态、色彩、联想、喜爱、烦恼、失望、历史、天气变化等。它们在我意识中是有轨迹的，我发现的意识犹如小虫爬行，可以连续，也会突然中断。在中断时你才看到大大小小的时间和空间的存在。

2010年后我开始想画大画，想继续创作意识中的山水中国和生活世界。我从小空间和近距离的追问存在中转到大空间来。于是我尝试写生，半写生，甚至不写生的方式来适应画大画。我画过龙井山和采茶人、云栖竹林的

海纳百川
追求卓越

焦小健作品
《从杭州到上海》44
布面丙烯
70cm ×100cm
2021年

焦小健作品
《14世纪一次花神聚会》
布面丙烯
180cm ×250cm
2022年

焦小健作品
《中国园林》1
布面丙烯
80cm ×120cm
2021年

焦小健作品
《欧洲难民问题》
布面丙烯
185cm ×135cm
2022年

竹海、“桃花源”、山峰烟云、蓝色湖泊的守山人、山道奔驰的人、大山里的野花野草、富春江长卷、宋人的石头、现代都市生活、天堂与教堂、“若出其中，若出其里”系列、丢勒的正版“忧郁”和续版“忧郁”、米开朗基罗的“创世纪”。从杭州城到宋画元画，从西湖到孤山御景系列等。我是目光感受型画家，想着有一天能将这些记录着各种信息的系列作品排列成一个千里江山图来。

2016年以后，我读诗读图的爱好渗透进创作中。我用诗给我的画取名，有中国传统的诗和西方的诗。比如我画西冷印社，画亮着那盏黄灯的小楼时，意识中的蓝色调、寂静和“僧敲月下门”都会“涌现”出来，我将画取名为《推敲》。在2019年杭州大屋顶的个展中以德国诗人策兰诗句为画名，并非是想诗解释画或画解释诗。我只是用自己的视觉来解读他的诗，这位二战后深受创伤的诗人的诗句在我明亮的画中有了新模样。2020年我在杭州人可画廊的个展《谁的手指？指向哪里？》中，将文艺复兴时期米开朗基罗和丢勒的画，以及宋画都画到了当下。把米开朗基罗的天顶画中那只创世纪之手换个角度来看，其实是今天的普通人之手。

这一切都是放空自己得来的，工作方法做一点调整就可以改变整个绘画状态。2018年开始我改用丙烯画画，想起1981年本科毕业创作时，就是用丙烯画的，只是当时的颜料没现在的颜色那么多，新材料的运用改变了我的色彩系统。改革开放40年来的生活变化之大，我们的身心都变了。曾经欣赏的欧洲现代绘画里的存在主义式的纠结、复杂、厚重的模样慢慢消失了，因为今天的世界早就不是那样子了。

我创作的当下并不是指西方之外的中国，更不是中国之外的西方。我读这个世界的模样，画这个世界的模样，自己就是世界性目光。我的周遭生活是曾经有着辉煌的南宋艺术历史的故地，我本人是学习西方绘画了解传统和现代艺术史的人，这些对我而言都是创作资源。

我现在的创作，想了就抓紧画出来。

写完这些，我看到桌上一本鲁迅先生的散文集《朝花夕拾》，原本它的书名是《旧事重提》，其中有两句话是这样的：“它日仰看流云时，会在我的眼前一闪烁罢。”

诗建设

诗学

Poetics

棕皮手记：
“不学诗，无以言”、巴别塔、“学而不思则罔”……

于坚

@诗之道

子曰：“巧言令色鲜矣仁。”二十世纪以降，诗这回事被降低到修辞水平，甚至只是一种谋生（宣传、广告）手段。而在历史上，中国曾经被称为诗国。神父、超人、圣人乃是屈原、李白、杜甫、苏轼之类的人物。该国以文明之国自居。“刚柔交错，天文也；文明以止，人文也。观乎天文以察时变，观乎人文以化成天下。”“不学诗，无以言”。文明，就是以文（诗）来照亮解放生命，令生命去弊，超越动物性的黑暗无明，成为敞开的仁者生命，“仁者人也”。与神明不同。

商为什么伐纣？纣是靠武力，非此即彼，对某种自以为是的确定的强制执行。弱肉强食，武乃是动物界的原始约定。武丁时期，世界各地还处于通过声音传递意义的原始阶段，形音义一体的文字已经在华夏之土成熟。周出现了世界统治史上的第一个文王。“文王在上，于昭于天，周虽旧邦，其命维新……文王陟降，在帝左右（帝，我以为就是不可知的力量的名）……亹亹文王，令闻不已……穆穆文王，于缉熙敬止……”周崇拜文，以文依附神灵（上帝）。文始于文身，这是一种超越性行为。甲骨文里面的文这个字，中间还画着一个心。心本是黑暗无名的，文立心，文明心。文将不可知的力量转移到人身、人事、人与人的关系上，“物物而不物于物”生生、养生。“不以物喜，不以己悲”。祭祀、面具、图腾、文字“仪刑文王，万邦作孚”，文自此“宅兹中国”。

孔子是一位伟大的总结者，“郁郁乎文哉，吾从周！”“诗可以兴”“不学诗，无以言”“尽美矣，又尽善矣”。周的经验令孔子意识到武（暴力）的不仁、拜物、唯我独尊和转瞬即逝。意识到文的仁慈宽厚、不确定性、“物而不物，故能物物”“物而不物于物，则胡可得而累邪”。（庄子）意识到文的可持续性、长寿。在孔子时代，物已经被视为“形而下者”（器），文则成为形而上者（道），这种上下区分意味着中国文明已经肯定精神性的灵性生活（守护无用）为高尚、终极。“志于道，据于德，依于仁，游于艺”。对有无、阴阳、中庸的把握是一种高尚的生活艺术，有点像德国哲学家尼采、海德格尔主张的“艺术形而上”“人苍茫劳绩，但还诗意栖居在大地上”。文就是诗的载体。文明，就是以文照亮生命的动物性无明。

无数的武烟消云散，文持续至今。一切观念、意思、文本都改变了，消失了，文穿越时间。所以，直到二十世纪，汉语依然是甲骨文上就有的那些笔画、构件，华夏依然是通过汉字守护文明的“抽象理想最高之境，犹希腊柏拉图所谓Idea者”（陈寅恪）。

汉字的出现乃是文明史上惊天动地的大事。其时，天雨粟，鬼夜哭。文，中国最伟大的神诞生了。文明的开始往往都是“神说”。神是一个确定，观念的诞生。汉文明则是“文说”。文不确定，“系辞焉以断其吉凶”“修辞立其诚，所以居业也”。（《易传》）师法造化，道法自然，“道可道，非常道。名可名，非常名。”（老子）

“文亡隐言。”（《孔子诗论》）文亡，人就不存在了。

将孔子的这几句联系起来，就是文之道。

1.“子不语怪力乱神。”

2.“不学诗，无以言。”

3.“诗三百，一言以蔽之，思无邪。”

4.“文胜质则史，质胜文则野。”

5.“叩其两端而执中。”

6.“小子何莫学乎诗，诗可以兴，可以观，可以群，可以怨，迩之事父。远之事君，多识于鸟兽虫鱼之名。”

7.“志于道，依于仁，据于德，游于艺。”

8.“又尽善矣，又尽美矣。”

“子不语怪力乱神”，怪力乱神就是暴力、强制、极端、唯一。“不得中行而与之，必也狂狷乎。”（《论语》）

“不学诗，无以言”，诗坚持的是不确定、无。“不学诗，无以言”，是一种对超人（尼采）的要求。

“思无邪”，无邪之思，就是不语怪力乱神。无邪之思就是中庸之思。《尚书·大禹谟》：“人心惟危，道心惟微，惟精惟一，允执厥中。”《论语》“质胜文则野，文胜质则史。文质彬彬，然后君子。”“吾有知乎哉？无知也。有鄙夫问于我，空空如也。我叩其两端而竭焉。”“叩其两端而执中，执中无权，犹执一也。”（孟子）执一就是极端。“子绝四：毋意、毋必、毋固、毋我。”（《论语》子罕篇）诗正是意（观念，意思）必（唯一）固（遮蔽）我（自以为是，我执）的克星。毋我，就是“吾丧我”（庄子）。“修辞立其诚”（《易传》），立诚就是“吾丧我”。“文胜质则史，质胜文则野”“叩其两端而执中。”（孟子）

“小子何莫学乎诗，诗可以兴，可以观，可以群，可以怨，迩之事父。远之事君，多识于鸟兽虫鱼之名。”

兴，就是开始。开始就是结束，这种开始不是未来主义。每次开始都意味着一个语词之场的兴建、一个语词空间的确立。观，就是立场、观点、世界观。怨就是思考，批判。怨是思的结果。远迩就是语词的空间布局。词的位置，一个词置放的位置，导致意义滋生的密集或寡淡。多识，一方面是知识，一方面是无用的知识。“今天世界上无用的知识太少了，这实在是可悲之事。”（奥斯卡·王尔德）诗说到底，乃是一种无用的知识。这是一个修辞（语言）之场，一首诗就是一个场。兴观群怨迩远多识，任何一个方面的极端都只导致诗成为确定的、唯一的、单向度、非诗。

“志于道，依于仁，据于德，游于艺。”这是为什么需要诗的根本，为什么“不学诗，无以言”的根本。道、德、仁，都是诚。道是先验之诚，德是人之诚，仁是诚在人的具体表现。志于道，依于仁，据于德，然后游于艺。只有艺，必是动物。

道、精神、灵魂这些词，不知道是什么，无法定义，但是一直在用，而且总是令人肃然起敬，心怀忐忑。

“除了认识他自己的能力之外，人再没有其他特征，并不是通过任何新特征，而是通过他的自我来界定人，意味着人就是认识他自己的存在物，即人是一种必须要将自己认识为人、使自己成为人的动物。说真的，在诞生的那一刻，自然已经将人‘赤裸裸地抛到赤裸裸的大地上’，不能认识，不能言说，不能行走，不能养活自己，除非所有这些都教过他。唯有当他让自己提高至人之上，他才能成为他自己。”“作为纯粹生物的‘赤裸生命’的时间无限绵延（例外状态无休无止）。”（阿甘本《敞开，人与动物》）

“以有涯随无涯，殆矣”（庄子）的动物从来不知道“有无相生”“不会知白守黑”“志于道，依于仁，据于德”，它们可能游于艺。人只能在道、仁、德中存在。“仁者人也”，不仁就不是人。生生之谓易，这个易就在于人与道、仁、德的关系、距离。近的关系养生，远的关系找死。

孔子的意思是，人必将自己提高到仁的境界才成其为人。动物不仁。仁并非“志士仁人”一词暗示得那么具有牺牲性、概念化。“我欲仁，斯仁至矣”，仁不过是对欲望的自我控制，慎独。所以孟子断言，人皆可为圣人。

不学诗，无以言。仁就是在语言中存在，超越动物性的赤裸无言。又尽善矣，又尽美矣。

当历史终结的时候，仁消失了，人重新回到动物，比动物更可怕，因为他有知识和技术，但不仁。

中庸不是庸俗，而是对语词之度的把握、调整，如何写才能文质彬彬，又尽善矣，又尽美矣。

@叔本华说：“一个值得阅读的作者，他的价值越大，归因于他思想内容的地方就越少，他所用的内容的材料甚至会是常见且常被用到的，就像三位伟大的希腊悲剧作家，他们用的都是同一种内容材料。”

完全同意。写诗不是写奇迹，所谓诗意的事实之类。而是写语言——一个人身体导致的语感——如果语言是约定俗成的话。通过自己的私人语感（形式）复述庸常的万事万物。修辞立其诚，修辞是对个人语感的确认。诚是万变不离其宗的意义。譬如人必有一死，向死而生之类。不可翻译的东西正是语感，而非意思。我以为语感比形式一词更准确。

@一切都是语言。

一切都是语言，意味着“必也正名乎”，悠悠万事唯此为大。

一切都是语言。意味着这是一个天然的形而上社会。重道轻器。

@不学诗，无以言。

易经曰：生生之谓易。

“生生之谓易。”孔颖达疏：“生生，不绝之辞。阴阳变转，后生次于前生，是万物恒生谓之易也。”老子曰：“道生一，一生二，二生三，三生万物。”

道是不可知的。说文：“一，唯初太始，道立于一，造分天地，化成万物。”为什么是一，而不是二？这是不可知的。这是万物之生。

人是二。与万物一道被抛入世界，动物。海德格尔：“人是被抛入世界的、能力有限、处于生死之间、对遭遇莫名其妙、在内心深处充满挂念与忧惧而又微不足道的受造之物。”

三是语言，人的生乃是语言之生，语言令人超越万物，“物物而不物于物”（庄子）。

为万物命名，是之为生万物。

孔子讲：“仁者人也，亲亲为大。”孟子讲：“仁也者，人也，合而言之，道也。”

人是仁者。人的生生之道与万物不同，除了被抛入，人还要“知生”，“未知生，焉知死？”（孔子）

如何知？《易经》说：辞焉，以断其吉凶。“修辞立其诚，所以居业也。”居业，就是生生。

“我们诞生在理性中，诞生在语言里。”（梅洛·庞蒂）

子曰：“不学诗，无以言。”

“诗三百，一言以蔽之，思无邪。”诗才是人之道。

“生生之谓易。”什么生生？诗。诗持存的乃是不确定、敞开、变化。不确定就是易。

诗就是语言，令人“物物而不物于物”（庄子）者。或者“不以物

喜，不以己悲者”。（范仲淹）

诗是作为语言动物的人的最高级存在，令人接近神性的存在，所以中国文明发展出诗教，诗是这个文明的“最高价值”。（尼采）

从《易经》“系辞焉，以断其吉凶”“修辞立其诚，所以居业也”开始，

到孔子：

“诗可以兴”“不学诗，无以言”“郁郁乎文哉”。

到屈原：

“帝高阳之苗裔兮　朕皇考曰伯庸
摄提贞于孟陬兮　唯庚寅吾以降
皇览揆余初度兮　肇锡余以嘉名
名余曰正则兮　字余曰灵均
指九天以为正兮　夫唯灵脩之故也”

（脩，修。长而高之貌，可以理解为超越性的获得。）

“纷吾既有此内美兮　又重之以脩能
长太息以掩涕兮　哀民生之多艰
怨灵脩之浩荡兮　终不察夫民心
鸷鸟之不群兮　自前世而固然
民生各有所乐兮　余独好脩以为常
世溷浊而嫉贤兮　好蔽美而称恶”

（内美，蔽美。诗人的灵修是为了美不被遮蔽。）

“索藑茅以筳篿兮，命灵氛为余占之
勉升降以上下兮，求榘矱（法度，准则）之所同
灵氛既告余以吉占兮　历吉日乎吾将行
折琼枝以为羞兮　精琼靡以为粻
为余驾飞龙兮　杂瑶象以为车”

（灵氛，就是灵光，本雅明也用过这个词。命，使也。使，支配，控制。诗人是灵光的召唤者。）

“乱曰　已矣哉！
国无人莫我知兮，又何怀乎故都
既莫足与为美政兮 吾将从彭咸之所居”

（美政，诗是美政。这就是诗与政治的关系。《离骚》一位大地之神的自传。）

到曹丕：

“文以气为主，气之清浊有体，不可力强而致。譬诸音乐，曲度虽均，节奏同检，至于引气不齐，巧拙有素，虽在父兄，不能以移子弟。盖文章，经国之大业，不朽之盛事。年寿有时而尽，荣乐止乎其身，二者必至之常期，未若文章之无穷。是以古之作者，寄身于翰墨，见意于篇籍，不假良史之辞，不托飞驰之势，而声名自传于后。”

到刘勰：

“文之为德也大矣，与天地并生者。何哉？夫玄黄色杂，方圆体分，日月叠璧，以垂丽天之象；山川焕绮，以铺理地之形：此盖道之文也。仰观吐曜，俯察含章，高卑定位，故两仪既生矣。唯人参之，性灵所钟，是谓三才。为五行之秀，实天地之心，心生而言立，言立而文明，自然之道也。”

到李白：

“大块假我以文章。”

“大雅久不作，吾衰竟谁陈。”

“大儒挥金椎，琢之诗礼间。”

“大雅思文王，颂声久崩沦。”

“安得郢中质（屈原），一挥成斧斤。”

“安能摧眉折腰事权贵，使我不得开心颜。”

“正声何微茫，哀怨起骚人。”

“文质相炳焕，众星罗秋旻。”

“我志在删述，垂辉映千春。”

“希圣如有立，绝笔于获麟。”

到杜甫：

“独立苍茫自咏诗。”

“诗是吾家事。”

“致君舜尧上，再使风俗淳。”

“读书破万卷，下笔如有神。”

“落笔惊风雨，诗成泣鬼神。”

到白居易：

“篇无定句，句无定字，系于意，不系于文。首句标其目，卒章显其志，《诗》三百之义也。其辞质而径，欲见之者易谕也。其言直而切，欲闻之者深诫也。其事核而实，使采之者传信也。其体顺而肆，可以播于乐章歌曲也。总而言之，为君、为臣、为民、为物、为事而作，不为文而作也。”

到苏轼：

“有笔头千字，胸中万卷，致君尧舜，此事何难！用舍由时，行藏在我，袖手何妨闲处看？身长健，但优游卒岁，且斗樽前。”

到胡适：

《文学改良刍议》“一曰，须言之有物。二曰，不摹仿古人。三曰，须讲求文法。四曰，不作无病之呻吟。务去滥调套语。不用典。不讲对仗。不避俗字俗语。”中国之“抽象理想最高之境，犹希腊柏拉图所谓Idea者”（陈寅恪）无不是通过语言。

生生之谓易，如何易？诗。这是一条汉语开辟的文明之道，深入骨髓，不尽长江滚滚来 ，“千秋万岁名，寂寞身后事”（杜甫），在中国，死亡是被诗战胜的。

@ “人生下来喑哑无语，但是他或许会自己创造出语言……”

“嘴巴的构造与语言的发明并没有关系，因为人即使一辈子喑哑无语，仍然是人，只要他在思考，语言就存在于他的心灵之中！感觉的喊叫也不起作用，因为发明语言的不是一台呼吸的机器，而是一个会思考的生物……”“语言是人的本质所在，人之所以成为人，就是因为他有语言”。（赫尔德《论语言的起源》）

@诗是功利主义之天敌。越功利，离诗越远。

@写诗不是稻粮谋，三百六十行没有这行。如果不想清楚这一点，写诗必是尴尬猥琐之途。巧言令色鲜矣仁，不仁必贱。

没有比为了当一个诗人而写诗更可怜、危险的事了。“修辞立其诚，所以居业也。”（《易经》）如果只是玩修辞当个诗人，必不居业，吃相难看。写诗而成为诗人，这是神的选择。就像格萨尔王歌手，是不能自己选择的，乃是神启。但是还是可以通过写试试是不是诗人。子曰：“君子疾没世而名不称焉。”杜甫说：“千秋万岁名，寂寞身后事。”写诗是一种最充实、最高级的存在感。“充实之谓美。”（孟子）前提是不能指望写诗这件事能带来任何非诗的好处。在汉语这种存在中，写诗这件事和出家是一样的，乃是世俗人生的穷途末路、超越之路。诗人就是贞人、巫师、僧侣、灵均（灵，神也。均，调也。言正平可法则者，莫过于天；养物均调者，莫神于地——王逸注《离骚》）。“志于道，依于仁，据于德，游于艺。”（孔子）“修辞以断其吉凶。”（《易经》）这是诗人之事。

当代诗坛是另一回事，仿佛是一个单位，要开会、评奖、总结先进、排名，这个主题、意思完成了没有？俗不可耐。

诗人是《世说新语》里面的那些人。“桓公少与殷侯齐名，常有竞心。桓问殷：‘卿何如我？’殷云：‘我与我周旋久，宁作我。’”

美国诗人吉尔伯特说得好：“对我来讲，诗主要的不是什么游艺。我晓得，除了我的方法外，还有其他接近诗的门径：因为对大多数人而言，欣赏诗就是一种美感的再创造，一种美的事物的制造；或者是想象在一个题材上做适当的发挥；或者是一种专家匠心的作业。对我来说，诗并非这么一回事。我心里有一种声音，执着地歌唱一种超越常规的伟大感。讴歌爱情和死亡，善和恶，情欲，荣誉，以及人生的其他重要面相。我相信这些会是有益的考虑。我相信诗最宜于做这些。我相信诗终会使事物改观。我相信诗所处理的就是人生，我的人生。它使我的人生更完满，而且帮我找出我必须继续走下去的方向。”

今天，离诗最远的正是诗人自己。诗人成为诗之敌人比其他人要容易得多。其他人不写诗，倒是更接近诗人。比如那个倒在路边的醉汉，将自己的电动摩托车想象成床并在上面睡并做梦的快递小哥，走在樱花下的孕妇，我外祖母，抽烟时的我的父亲，为我修房子的杨德旺。

@怀才不遇只因自己不才，而非待遇不公。

@君子疾没世而名不称焉，这个名乃“空山新语后，天气晚来秋”之名。而非“右拾遗王维”之名。

@谷日读《论语》：“学则不固”。学可避免当井底之蛙，自以为是。诗歌上的各种主义，皆因固执一义而狭窄。固则不生。意义，必须，我执，都是固。固即死。我，就是意思，执念，志在必得。“子绝四：毋意毋必毋固毋我。”庄曰，吾丧我。是之谓“修辞立其诚”。

诚者无我。乃可御垂天之云。

@写一首诗就是对语言施与（加持）一种巫术。“修辞立其诚，所以居业也。”（《易传·系辞》）不诚无巫。所以最初的诗人叫贞人。屈原自谓灵均。辞，唤醒它，除此之外，不能再做什么了。自以为是地解释只会把诗赶跑。诗是一种先验的沉睡的巨矿，永远开采不尽，如果你有合适的铲子（这往往必须天才。神赐的）不过你得装着倾听的样子，忽然，一个声音自天空大地世界中传来，你得仔细辨别，每次只有一个词。其他的都是将它重新推回黑暗里去。

@一切说法都在为人释放存在之意义。天地无德，德就是意义。要有意义乃人之事。释，耶，穆，禅，老……都是说法，只有诗这种说法加持一切说法而自成一种说法，诗教不执一教，不学诗，无以言，诗是最初的说法。各教乃诗之后发生的，各执一端。

@1830年3月14日，歌德说：“我在自己的诗中从未有过伪作，凡是我不曾经验过，不受过痛痒，不使我苦恼过的东西，我没有作过诗。也没有说过。当我恋爱的时候，我只做了恋爱诗。那么我没有憎恶，怎么做了憎恶的诗呢。”

@神在1957年某日令我聋掉一半。世界的声音从此只是“恍兮惚兮，其中有义”。通过一场肺炎和大量的链霉素注射。以便我听见诗的声音。

@诗是对语言的沉思。

@自由的本质其实是封闭，只有自我克制，自我封闭才能庶几接近于自由。关起家门来怎么做都可以。自由是观念，主义，意思。封却是空间，身体，口罩，砖块。长城也是一种封，但是这种封不在于其实用性，而在于它对古典中国那种伟大自我的诗意的自重、尊严感和傲慢。就视觉来讲，封闭比自由壮观多了，自由无形，封却是细节。宇宙精神暗示的正是一种无边无际的细节上的封闭。

@奥登在谈论卡瓦菲斯时说：“诗中另一种可以保留在译作里的要素是明喻和暗喻。因为这两种比喻并非源于地方性的措辞习惯，而是源于全人类所共同熟悉的感觉经验。无法从中获益，我们也无从谈论卡瓦菲斯的比喻。因为他从不使用明喻或暗喻这些手法。无论他谈及一片风景，或一个事件，甚或一种情绪，他的每一行诗都是明白不过地对事实加以描述，从没有任何额外的装饰。”

司马迁：不虚美，不隐恶。

直接说，如果不能直接说，宁可不说。

言此意彼，在读者是阐释学，在作者，则事关德性。

@汉字是汉字，音乐是音乐。而巴赫、弹奏巴赫的古尔德，颜真卿、写颜体的钱南园都是手。各自不同的手。这就是诗言体。诗是诗，李白、杜甫、苏轼、白居易、王维都是写诗之手。

@：“修辞立其诚，所以居业也”。（《易传·系辞》）

“吾日三省吾身：为人谋而不忠乎？与朋友交而不信乎？传不习

乎？”《论语》

诚，就是身。立身，这个身，不是动物之身。是“仁者人也”之身。是对“赤裸生命”（阿甘本）的超越，对黑暗无明的动物性生命的超越。

身是无意义的。只有无意义，身才敞开，可以居业（居业就是有意义。）

身一旦被赋予意义（仁者人也），它的危险是被意义遮蔽，所以，必须吾日三省。“无丧我”。我，就是我执。三省吾身，就是文身。省，视也。省是对身的反省、思考、灵视、升华、文明（动词）赋予意义。文（观念、概念，意义）会遮蔽诚（身体、无意义）。控制身体，令身体降格为物。三省吾身，毋意毋必毋固毋我。

动物是有意义的，动物被唯一意义（生存）宰制。人是对这个唯一意义的超越，无意义以待意义。仁者人也，仁就是人的超越性。

忠、谋、习都是超越。身不是唯一的概念、观念、意义。身是无意义，无才有，有是意义。有无相生。

吾日三省吾身。这个身是生生之身。身要自省。“为人谋而不忠乎？与朋友交而不信乎？传不习乎？”超越之途不是一途，而是多途，忠、信、习都是超越。经验证明，都是生生、养生、生身之为。

“为人谋而不忠乎？与朋友交而不信乎？传不习乎？”做了没有，这就是省。

@吾丧我。我就是意义，观念，概念之类。吾是身体。写作要解放单向度的意义（自我）对身体的控制。

@诗一次次超越意义之有，重返语言之无。

意义会死去、消失、变化，语言穿越时间、不朽。

保罗·策兰的启示

草树

保罗·策兰是一个深奥晦涩的诗人，也许正是他的深奥晦涩，吸引着读者前往一探究竟。我不记得最早接触策兰，是王家新和芮虎翻译、由河北教育出版社出版的《保罗·策兰诗文集》，还是北岛的《时间的玫瑰》，比较确切的是，有两三年，这本保罗·策兰的诗选一直是我的枕边书，后来由于读到王家新对北岛的回应文章，我还买来孟明翻译的版本，并把许多诗对照着阅读。诗歌是声音的艺术，翻译的遗憾在于，有时候声音在另一种语言中完全无法传递，而只能力求准确地传达语义。所以对于像策兰这样的诗人，多一种译本就多了一个进入的维度。这些年《灰烬的光辉：保罗·策兰诗选》（王家新译）和黄灿然译本出版后，现在雅众又给我们带来诗人杨子的译本，由北京联合公司出版，即《我听见斧头开花了：保罗·策兰诗选》。

保罗·策兰是二十世纪继里尔克之后最重要的德语诗人。他在中国的影响有赖于翻译家的艰苦劳动，先后有钱春绮、张枣、王家新、孟明和黄灿然等人的译作将策兰送至中国读者的案头，北岛在《时间的玫瑰》中专文介绍策兰代表作《死亡赋格》等作品，并对不同译本做出分析，产生了相当大的影响，尤其在当代诗人中间。于坚说："诗人的小圈子之间谈论保罗·策兰似乎已经成了一种深刻、一种教养、一种知识。"策兰的诗由于他独特的人生经历和所在时代的特殊历史语境，除了早年的诗风相对明朗，经过超现实主义、表现主义的实践后，到后期发展成为一种现代派甚至超越现代派的立场。没有几个诗人能像策兰那样深刻地感受到"语言即存在"这一看上去有点抽象的论断的现实性，他的父母死在乌克兰的集中营，他所出生的切尔诺维兹在二十世纪初不到三十年的时间先是作为"哈布斯王朝遗腹子"，随着王朝的覆灭而划归罗马尼亚，二战初期落入前苏联之手，立即又被德军占领，随后又在苏联红军占领后成为现今乌克兰的一部分，这些几乎就是策兰作为一个德语犹太诗人的宿命象征。混杂多变的文化背景，身体和精神的双重流亡，大屠杀的残酷和战后依然阴魂不散的反犹主义，几乎是容不得诗人做出选择，不得不走向语言深处，去叩问犹太人的命运和存在。他的诗不是故作玄奥，是不得不然，是一种语言的必然性使然。鉴于此，一种极端的说法是，“我认为关于他的翻译都是谎言。他是不能翻译的，无论哪方面都无法翻译，保罗·策兰是一种地方性知识。他深植于语言中，而在语言的深处，各种根深蒂固是永远彼此隔绝的。”[①]于坚不是否定翻译，而是以这样一种方式强调翻译策兰之难，难在其背后和本身有一种复杂深奥的基督教和犹太教文化背景。策兰诗或深或浅、或多或少无不涉及《圣经》传统，“旧约与新约、犹太教与基督教、弥赛亚与基督之间原本存在的全部张力，全部反映在策兰中后期的诗歌中，以各种各样或传统或独创的形象表现出来。”因此对于翻译家来说，诗歌的语境和词的伦理在策兰这里，显得格外重要，而对于不能从德语和英语阅读策兰的读者来说，就只能依靠翻译家的中文译本，别无选择。多一种译本，就多一种文本的可能性。杨子的译本虽然从英文译出，但是无疑给我们阅读策兰提供了一个重要参照，尤其杨子本人是一个诗人，且有《曼德尔施塔姆诗选》等外国诗人诗集的出色翻译实践在先。

中国读者对策兰诗的任何阐释企图都会注定失败，不单是因为他的超现实主义写作风格，关键是它背后深厚的基督教和犹太教的隐喻系统，与其将它的意义反复阐释并因不同理解而在各种分歧里耗费功夫，不如琢磨策兰杰出的诗艺，他的写作无疑可以带给我们许多重大的启示。

一、对话性诗学

保罗·策兰在《不莱梅文学奖获奖致辞》中说：“一首诗，是一个语言的例证，因此对话是本质性的，它可以作为一个‘瓶中信’被投向海中，带着一种希望——当然并不总是那么强烈：它可能什么时候被冲到什么地方，也许那正是心灵的陆地。”[②]“瓶中信”这一意象来自于曼德尔施塔姆，后者在论及巴拉丁斯基的诗时，用了“漂流瓶”的意象，“读着巴拉丁斯基的诗，我就觉得有这么一只漂流瓶到了我的手中。海洋以其巨大的力量帮助了这瓶子——帮助它完成其使命，一种天意的感觉控制了捡瓶人。航海人将瓶子投进波浪，和巴拉丁斯基寄发此诗，是同样的明确表达出的时刻。那信和那诗均无确切的地址。但是，二者却又都有接收人：信的接收人是那个偶

① 于坚《论保罗·策兰》。

② 参见《灰烬的光辉：保罗·策兰诗选》498页，王家新译，广西师范大学出版社，2021年。

然在沙堆中发现了瓶子的人，诗的接收人就是一位‘后代中的读者’”。[①]质言之，一首诗自有它的命运，终会遇到那个有缘人。除了表明写作的信念外，最重要的是树立了诗的对话性观念。这不单是写和读的对话，也意味着诗人在语言本身从对话来展开一首诗。事实上，策兰的写作遵循了这一语言意识的自觉，他的诗几乎都是一种对话性存在。对话性的彰显从根本上改变了诗人作为一个写者的姿态，不再是一个上帝的代言人，或先知，就像策兰的前辈诗人里尔克或更早的浪漫主义诗人。表现在文本上，诗的一个重大变化是它的语调，不再高亢、激越，而是依据对话的对象，有了恰切的调性。一首诗的语调决定着作品的态度，当然也决定着诗人的态度，遵循对话性原则的作品表现出的真诚、坦率、直接、朴素的基本风格，意味着隐含于文本后面的诗人观念有着深刻的民主或平等意识并致力于维护诗的真实，甚至诗性正义。

策兰的对话性也许和他的同时代犹太人前辈哲学家马丁·布伯[②]的对话哲学不无关联。布伯以上帝为终极依托，提出“相遇”“对话”，面对他者，就是要打开这封闭的自我。这与西方固守自我的传统大相径庭，倒是与现代西方哲学中对“他者”的重视颇有亲和之处。海德格尔认为现代文明的危机肇始于近代对于主客体的划分，以及过于追求主体性，没有认识到人首先是在世界之中的存在，是与“他人”的共在。主体自我高标特立的地位在现代开始动摇，“他人”问题于是出现在现代哲学的意识中。在《我与你》中，马丁·布伯从犹太思想传统出发，对近代西方哲学进行了批判，他认为真正决定一个人存在的东西，决不是“我思”，也不是与自我对立的种种客体，关键在于他自己同世界上各种存在物和事件发生关系的方式。这种方式由两个原初词“我 - 它”与“我 - 你”来表达。布伯把近代西方主客体二分的世界观归结为“我 - 它”关系，他认为“我 - 它”不是真正的关系，因为“它”（客体）只是“我”（主体）认识、利用的对象。在这种关系中，不能发现自身的意义，不能面对神圣。布伯要世人注意一种真正基本的关系“我 - 你”，他与西方传统的“我 - 它”关系是对立的。这种关系来自希伯来的《圣经》，来自亚伯拉罕、约伯、摩西的上帝。布伯认为这是人类应有的一种真正的基本关系。这种关系体现了我对“你”的尊重，正是这

---

① 参见《钟摆下的歌吟》。

② 马丁·布伯，（Martin Buber，1878 － 1965），生于奥地利，犹太宗教哲学家、翻译家、德语文体大师。著述领域包含犹太神秘主义、社会哲学、圣经研究、宗教现象学等。布伯的哲学关注人与其他事物的“相遇”或“对话”。《我和你》是表达其哲学观点的代表作。

种关系揭示了人生的意义深度。

唯一与之不同的是，由于策兰在大屠杀时期的亲身经历和子弹洞穿母亲的脖子留下的永远不能愈合的伤口，策兰对上帝存在有着深深的怀疑，包括人类的理性。但是策兰在诗的建构中，基本上遵循了对话性的原则，在策兰这里，对“我 - 你”关系的探索，意味着要依靠人的力量，重建语言的秩序。这一变化是他得以区分于二十世纪初期的后浪漫主义、象征主义和超现实主义诗人的重大标志。对于策兰来说，“我 - 你”关系不仅是关乎存在，也关乎自我身份的澄清，而“你”在他的诗中，依据不同的语境，有着丰富而复杂的变化。策兰早期的作品如《冬天》《黑雪花》等，就是和亡母的对话，正是对话语调的诚挚，让诗的语言直抵人心，格外动人。但是相对来说，这里的“我 - 你”关系直接明了，无论《冬天》对母亲的“念叨”还是《黑雪花》以引号区分的母亲的话和“我”的回答，都没有什么阅读障碍。但是到了维也纳时期，作品的“我 - 你”关系呈现出非常复杂的面貌。如《迟而且深》[①]，诗的第一节中“我们”，显然指犹太人，诗人作为抒情主体，在此代表一个民族发声，所谓以“新基督的名义起誓”不过是愤懑之词，“我们摇晃着时间的白发”两次出现大大强化了绝望、无助和愤怒的情感，有点类似中国古人说的“天若有情天亦老”。发出“渎圣”的声音的“他们”仿佛一个宗教裁判所的声音，这个声音在诗的第四节变成了“你”，而“你在死亡的磨坊里碾着白谷物，/你把它放到我们兄弟姐妹面前”，这三个“你”几乎难以区分，意味着宗教和纳粹是权力和邪恶的象征，而非正义所在，具有巨大的讽刺意味。“死亡的磨坊”是集中营的隐喻，犹太人的受难，让诗人深感上帝的虚无。值得注意的是，杨子在此诗中的两处翻译处理：“哑口无言者”和“从未存在者”都指向上帝，在此语境中形成的悖论性表达，显得格外有力。诗人以犹太人所受的迫害驳斥复活教义，耶稣从坟墓里走出来了，无论多晚，无论多深，要有一个人从坟墓里复活。

策兰诗有时候出现的“你”，就是“我”，或另一个“我”。《言语栅》一诗初看有些晦涩，但相比他晚期的诗，只要反复读，体味，仍然可以感受它深刻的诗意。这首诗在费尔斯坦纳的《保罗·策兰传》里可以找到一些线索，“从开头的第一行里，一个德国四年级学生看见一个囚犯凄惨地注视外面的世界。策兰也许并没有排斥这画面，但存在一个真实的主题。他和吉赛拉在1952年结婚时，吉赛拉的家人并不怎么愿意接纳策兰。1955年，吉

---

① 《迟而且深》，杨子译，孟明译为《晚来深沉》。王家新译为《迟与深》。以下未标注的策兰诗均引自杨子译本。

赛拉的母亲，当时已经是一位遗孀，进了布列塔尼的一家修道院。策兰夫妇去看她时，他们只能透过一个格栅看她。这事也许促成了《言语栅》：一位法国天主教徒和女侯爵面对东欧来的一位犹太诗人，所有的迥异都包含在这次相遇中。”[①]有了这样的线索当然对于理解诗有帮助，但就策兰的诗而言，某个出现在现实中的词语或画面，在诗中完全进入了一首诗的具体语境中。策兰关注细节而不是事实，在本诗中显得十分突出——事实上，离开事实或现象，甚至修辞，直接呈现，直接就是，是《死亡赋格》以后策兰在不断调校的重大诗学问题。维护真实、真相，既是诗学本身的要求也是良知所在，因为策兰诗的基本使命是要为集中营死去的犹太人作证，这也间接促使策兰力求抵近词语的真相，尽可能恪守客观性原则，因而修辞转换最大程度地舍弃了，策兰将他的想象转化成一种向内凝视的力量。“栅栏的铁条间眼睛瞪圆了。”这是一个呼应文化和种族深刻隔阂的触目惊心的场景，是策兰诗独有的简洁的力量。

颤动的眼睑
自动往上推，
投出一瞥。

伊利斯，漂游者，无梦，凄凉：
灰心的，天空，肯定近了。

铁架中，斜穿，
烟分裂。
凭着它对光的感觉
你猜出了灵魂。

（如果那时我像你。如果那时你像我。
那时我们不是站在
同一场贸易风下吗？
我们是外邦人。）

诗中的“你”，可以是另一个“我”，可以是诗人某个亲近的人，因为

---

① 参见《保罗·策兰传》126页，约翰·费尔斯坦纳著，李尼译，江苏人民出版社，2009年。

后面括号里有一段类似画外音的独白说道，“如果那时我像你。如果那时你像我”。但从诗的语境看，这个“你”作为一个诗人凝视的对象，并有着某种由于隔阂而绝望的意识漂移，更像另一个“我”，是对自我精神处境的凝视。这个眼睛瞪圆了的人，不能跨越“言语栅栏”，因而绝望地看天，对眼睑的雕刻般的描绘使得这一动作看起来像慢镜头，眼睑上的虹彩（伊利斯）、漂浮的影像，像进入睡眠又无梦，孤绝至于凄凉，灰心而又无望，仿佛在接近天空。“铁架中，斜穿，/烟分裂。”烟穿过铁架而分裂被“你”看见，并猜出了灵魂，足见敏感。这个“你”，实在是在铁架上的光和烟中分裂那一刻看出了灵魂分裂的真相。

在策兰的感受里，无论你我，都是外邦人，从历史悠久的旧约传统里就饱受苦难和放逐，就是外邦人。诗的最后地板上两个相邻的水坑：“两个都是满嘴死寂”，是对深刻隔阂和无法沟通的存在处境的强化。

策兰的对话诗学拉近了“我”和“你”和世界的距离，即便两者之间存在巨大的隔阂，也将隔阂的触目惊心呈现出来了。对话诗学消除了抒情主体的主体性姿态，也将自我同世界万物一样纳入语言的视野，很有点像中国老庄的思想，只不过在策兰那里，尽管充满对上帝存在的怀疑，但终还是没有舍弃（如《熄灯礼拜》）这个超自然存在，而不是老子所说的“道”。

二、语境营造

诗成就于具体的语境之中。浪漫主义的直抒胸臆和象征主义的“应和论”，不是存在一个“唯我论”问题，就是难以解决“二元对立”的困境，或者从抽象到具象的个人化想象难以回避的晦涩。策兰诗同样晦涩，但远不同于象征主义的个人化想象带来的晦涩，前者诉诸整体性的语言视野，后者则有个人的在场、身体的参与、语言的凝视和倾听。策兰的诗是由语言口授的，舌头受到严厉的自我管辖，正是从这里，也有赖于对话性，他的写作超出了现代主义的版图。而在语境的营造上，策兰堪称真正的语言大师。不妨以《我躺下》为例，一探个中奥秘。

你躺在无边的倾听里，

被灌木裹住，被雪花覆盖。

你：去向施普雷，去向哈弗尔，
去向屠夫的铁钩，
去向瑞典出产的

红色苹果树枝条——

摆满礼品的桌子到了，
绕着一个伊甸园转弯——

男的打成筛子，女的
必须漂浮，那婊子（母猪）
为她自己，谁都不为，为所有人——

战备河不会汹涌奔流。
什么都没
停下。

“这首诗在最基本层面上讲什么，很难说，”著名作家J.M.库切[①]在《保罗·策兰和他的译者》一文中说，“除非你接触某些资料，策兰向批评家彼得·松迪提供的资料，那个变成‘筛’的人是卡尔·李卜克内西，在运河内游泳的‘那夫人……那大母猪’是罗莎·卢森堡。‘伊甸园’是建在上述两名行动分子1919年遭枪杀的地点上的一座公寓楼的名字，而‘肉钩’则是哈弗尔河畔的普勒塞这个地方吊死那些在1944年策划暗杀希特勒的人的吊钩。有了这些资料，该诗便成了对德国右翼的凶残性继续存在着和德国人对此保持缄默的悲观的评论。”翻译家王家新对这一情况做了更详细的考证，据他说，松迪在他的《策兰研究》中专门有一篇文章介绍策兰这首诗的创作。策兰这首诗写于1967年12月22—23日圣诞节前夜，在这之前，策兰抵达柏林朗诵。1938年11月9日，策兰曾在从东欧前往法国读医学预科的路上经过柏林安哈尔特火车站，正赶上党卫军和纳粹分子疯狂捣毁犹太人商店、焚烧犹太教堂的“水晶之夜”，策兰后来在诗中回顾了使他身心震动的那一刻：“你看见了那些烟/它已来自于明天”。因此，这应是策兰第二次也是生前最后一次访问柏林。白天，策兰的一个朋友陪他看雪中的柏林，带他参观普罗成茨监狱，还去了圣诞市场，在那里，策兰看到一个固定在红漆木头上的由苹果和蜡烛组成的圣诞花环。就在入住柏林的第一个晚上，策兰向松迪借书看，松迪给了他一本关于罗莎·卢森堡和李卜克内西的书。接下来的一天，在接策兰去德国艺术研究院的路上，松迪边开车边给策兰指路边的“伊甸园”公寓，它在老旅馆“伊甸园”废址上重建，1919年1月15日，带有犹

---

① J.M.库切《内心活动》，118页，黄灿然译。

太血统的德国左翼政治家罗莎·卢森堡和李卜克内西就是在那里被受到当局纵容的极端民族主义分子杀害。现在，“伊甸园”公寓一带的商业区，已充满了圣诞购物的节日氛围。再过去不远处，就是兰德威尔运河。就在路上，他和策兰不禁感叹地谈到那两个人物是怎样在一个叫作“伊甸园”的地方被害。而诗中接着出现的细节来自松迪借给策兰的书：在当局对凶手的所谓“审判”中，当法官问及李卜克内西是否已死了时，证人的回答是“李卜克内西已被子弹洞穿得像一道筛子”；当问及罗莎·卢森堡的情况时，凶手之一、一个名叫荣格的士兵（正是他在“伊甸园”旅馆里开枪击中罗莎·卢森堡，并和同伙一起把她的尸体抛进护城河）这样回答：“这个老母猪已经在河里游了！”

尽管一些地名和人名在不同的翻译那里有着不同的音译，但是这首诗蕴含的历史事实基本清楚了。策兰作为一个诗人，面对所见所闻的惨无人道的历史事实，他受到的心灵冲击可想而知。我们也看到策兰对于词语的敏感，比如来自那本书中说到的“筛子”和“母猪”，尤其是作为词语的“伊甸园”和现实构成的巨大反讽。我们从策兰的创作不难看出，“语言即存在”这一观念贯穿他的整个作品。（根据真实事件改编的电影《波斯语课》将这一观念演绎得淋漓尽致。）正是在这样的语言观念下，《我躺下》打破了历史性的时间观念，而将不同时间的历史事实并置于一个共时语境中，而且诗的语言行动是受到内心的声音或者说气息的驱动，而舍弃了事实叙述，直取核心。诗的开篇“你躺在无边的倾听里”，“你”，即另一个“我”，这“无边的倾听”意味着一个诗人作为见证者必须承担作证的使命，必须把“你”所听交给那“无边的倾听”，交给了孙后代，而不是维持“被灌木裹住，被雪花覆盖”这样的现状。“你：去向施普雷，去向哈弗尔，”杨子的译本在这里呈现的铺排方式和对“你”的翻译处理（你前置并加冒号），使得这种自我赋予的使命感格外强烈。诗随即在内心的声音的驱动下转化为具体的语言行动，从而生成诗的节奏和时间，在末尾传递的愤怒是显而易见的。什么也没有反映，什么也没有把这些死难者的真相留下。一个杀人的场所居然修了一座公寓美其名曰“伊甸园”。只有诗为之作证。策兰将那些大屠杀期间史料中粘着鲜血的词语诸如“筛子”“母猪”“肉钩”“死亡磨坊”等予以“示众”，作为一种语言的现实，重新进入诗的时间，具有巨大的反讽力量。

三、词的伦理

中国百年新诗是在与传统文化的断裂中诞生，喝着“狼奶”长大。不同时代的诗人仍然试图找回那根“脐带”。“脐带”的一节一节如同词与词的生命相连的关系。如何在词语的脐带般的联系中吸取母体的营养，强壮汉语的基因，策兰的写作给我们以启示。欧美诗人不会有这样的忧虑，他们的忧虑是“影响的焦虑”[①]：是在词语的庞大而根基深厚的家族另开新风。策兰的写作在某种意义上是专注于词语的，或着说从来没有离开词语或以词语作为诗的生发点，只不过在词语的伦理建设中，诗像一张犁，翻转土地，他发现那土地的底层从来就不是玫瑰，而是犹太人不断遭到驱逐的外邦人命运。正是在大屠杀背景下，基于对犹太民族命运的深刻体认，策兰的自我追问一直延伸到语言密林的深处。

杨子译的《孤独者》让我的目光停驻，也许是源于他的译笔的简洁。“比起鸽子，比起桑树，/秋天宠爱的是我。给我面纱。”秋天的拟人化意味着策兰还存有某种泛神论的信念？他的前辈诗人里尔克有一首《秋》，“落叶了，仿佛从那遥远的空中，/好似天国里的花园都已凋萎，/枯叶摆着手，不情愿地往下落//在一个个夜里，沉重的地球/也离开了星群，落进了寂寞//我们大家都在坠落。这只手/也在坠落。瞧，所有人全在坠落。//可是有一位，他用自己的双手/无限温柔地将这一切坠落把握。”(杨武能译)在里尔克时代，基督教传统面对现代化的大厦之将倾，那种敏锐而强烈的感受，在《预感》里同样出现过，但是里尔克的希望终还是没有破灭，他身边“有一位”可以“无限温柔地将这一切坠落把握”。但是两次世界大战的爆发和策兰亲身体验的犹太人的苦难，显然使他对上帝的存在产生了深深的怀疑，甚至有时候是愤懑（“你们大教堂//你们视而不见的大教堂”《科隆，宫廷街》），是嘲讽（“让一个人从坟墓里出来！”《迟而且深》）。1942年，保罗·策兰和他的父母被纳粹分子逮捕，一家人被关进了集中营，“一道铁丝网分开了他们。”这一时期，写作就成为他活下去的支撑。他的父亲1942年秋天死于斑疹伤寒，几个月后母亲因不适合劳动遭枪决。就是在这样的背景下诞生了《冬天》《黑雪花》等充满悲伤和无助的绝望之作，这些作品借助于自然抒情，也有对圣经传统中经典意象的再植，具有浓重表现主义和超现实主义色彩。《孤独者》就是这一时期的作品，我们很难设想“比起鸽子，比起桑树/秋天更宠爱的是我。给我面纱。”属于某种浪漫主义的遐想，实在是一种自我告慰的苦涩，杨子的译本不像孟译“比起鸽子和桑树”，而是断开，加快节奏的顿挫，节奏的紧迫让读者立刻感觉到某种压迫，也能体会“秋天更宠爱的是我”无非苦涩之词，一种不无反讽的表现主义。“给我面纱”，秋天能有的“面纱”无非是雾。最要紧的是“镶边上刺绣”去掉了“说着”二字，引号里的话语和物（面纱）各自独立，这个声音就像来自秋天的虚空，来自无名，“这个拿去做梦”，这是多么平静又

---

①哈罗德·布鲁姆提出的理论，参见《影响的焦虑》。

蕴含多么巨大的荒谬的表达，而“上帝近得像兀鹫的利爪”——上帝和利爪的并置，实为诗人内心感受的外在语言形式的呈示，兀鹫、鹰，或山雕，这些猛禽显然象征着恶，而上帝和恶一样离得那么近却不能有所救赎，除了表现内心的愤怒之外，无疑还有对上帝的深刻怀疑。策兰面对的，是人的苦难和绝望，以及神恩的缺席。因此他拿着的“另一件”，早就拿到了，“比这件粗，没刺绣，没接缝。”本质上是一样——神恩过去就不在场，就像上帝今天和利爪一样近，和恶同在而无所作为，因此“秋天”一词在此语境中，已经没有那个“有一位”，而是有一个近乎冷酷的真实声音出现，“上帝近得像兀鹫的利爪。”上帝的缺席比在场的不作为更令人震惊。而对于“孤独”处境的呈现，也不是里尔克之“孤寂好似一场雨”，或“当一无所获的身躯分离开来，/失望悲哀，各奔东西；/当彼此仇恨的人们/不得不睡在一起”（《孤寂》），一种不无忧伤的抒情，而是一种惊悚，恐怖，绝望，“碰它，雪落在悬钩子的苗床上。/晃它，你就能听到鹰在尖叫。”

词语对策兰来说不是能够通过明喻或强指来赋予其位置的，他彻底打破了象征主义的主客对应机制，真正呈现出能指和所指的任意性原则。在他这里，词语是一个普赛克，是活的，其栖身之所在一首诗的具体语境中。《示播列》是一首完全由一个词语展开的诗——

和我的石头一起
在铁栅后面
大声哭泣，

他们将我拖进
市场中心，
拖到那个
旗帜招展而我从未
向它宣誓效忠的地方。

长笛，
夜的双长笛：
想起维也纳
和马德里
孪生的深红。

下半旗吧，
记忆。下半旗
今天，永远。

心：
即便在这儿也要宣告你自己，
在这儿，在市场中央
大声喊出示播列，向你
外邦的故园喊出来：
二月。NO PASARAN

独角兽：
你认识这些石头，
你知道这些流水
来，
我要带你去往
轰鸣的
埃斯特雷马杜拉。

“示播列”这个词语出自《圣经》典故。据《圣经》记载，以法莲人口音含糊，难以分清“示”与“西”，常将“示”读成“西”。士师时代，士师耶弗他率基列人打败以法莲人并占据约旦河渡口，溃败的以法莲人试图过河逃跑，被耶弗他士兵阻截盘问，竭力否定自己是以法莲人。于是基列人让过河者一一呼喊“示播列”，谁喊出“西播列”谁就是以法莲人，要被杀掉。在后来的西方语言中，“示播列”成为“区分某人所属党派”的代用语，或指代“通过警戒线时使用的口令”，或“考验词”。在此诗中，它成了危急时刻某种身份坚守的誓言，并在诗的语境中由于它召唤而来的“维也纳和马德里的孪生深红”“二月。NO PASARAN”和“埃斯特雷马杜拉”，而获得了良知、正义和信念的所指。这三个与之关联的词都有着现实的社会背景。西班牙内战时期的口号“NO PASARAN”（“他们休想通过”），是像“示播列”这个词在口令意义上召唤来的词。“二月”是个内容更为丰富的词，就像策兰在毕希纳文学奖获奖致辞中说的，“也许每一首诗都有铭写在它身上的‘1月20日’，也许在今天的诗歌中新颖的正是这点：它们的尝试是最清晰的，保持对这些日期的记忆的尝试？”1934年2月，维也纳工人的起义被镇压；1936年2月，西班牙人们阵线当选；1939年2月，在马德里的战斗中，战旗上写着“他们休想通过”；而1916年2月，屠杀在凡尔登开始的时候，法国人也说过：“Ils ne passeront pas”（他们休想通过）。策兰在“二月”里通过内心喊出“NO PASARAN”的声音，使历史记忆得以在这一声音中留存。

这首诗的发生机制，是词语的召唤和聚集，“示播列”这一古老的口令唤醒了记忆中的另一个口令“他们休想通过”，后者则聚集了“二月”这个词附带的历史记忆，但是诗的结构依然是对话性的，诗是相遇之地——如策兰所言。诗的对话性在此诗中，则是通过自我客观化的三个角色长笛、心和独角兽，或独白，或对话，实现了多声部的对话结构，使诗的风格更趋于冷峻，锐利，而又内敛。当然，首先是内心的强烈感受涌现的场面为词语提供栖身之所，也许在策兰此诗萌发的那一刻，这种强烈的感受是无论在监狱还是市场，人的精神都处于一种囚禁和胁迫状态，必须坚持自己，必须以词语保留历史记忆，就像《我躺在》一样，一种历史使命感和语言信念驱动了如此重大的语言行动。长笛不禁令人想起曼德尔斯塔姆的《我的世纪，我的野兽》，“词语已经变成，不是七孔而是千孔的芦笛，不断由各个时代的呼吸吹响。”[1]心在市场中心喊出“示播列”，在异邦的故园喊出口令，无异于坚守文化身份和理想信念的誓言，而不向邪恶和世俗力量妥协，不向市场中心的旗帜宣誓，相反要在记忆中向那些死难者下半旗致哀。独角兽象征高贵和纯洁，正适宜去埃斯特雷马杜拉为建立根据地的西班牙人民阵线加冕。

策兰的诗是词语的生发而不是历史事件的复述，它超越了历史时间和现实时间，也不是现代主义文学流行的同时主义，而是随着词语的聚集形成自己的时间，即诗的时间，这才是真正纯粹的时间。我们不难读出策兰诗和海德格尔的存在主义哲学的深刻响应，同时马丁·布伯的对话哲学在结构上奠定了策兰诗的基座。值得注意的是，词语在策兰笔下不是被赋予意义或指涉，而是通过气息结盟，让它在具体的语境中的位置获取身份或形象，最终达成一首诗的整体性诗意呈现。而铁栅和市场作为意象的高度概括性，体现了策兰作为诗人的卓越的洞察力。

四、语言深处的命名

策兰本质上是一位挽悼诗人。他的父母在集中营的惨死决定了他的诗歌命运。但是他不能站在语言大海的岸上捞取词语，海面上布满了遗骸、垃圾和敌意。即便是随处可见的石头，“无论捡起哪块石头——/你都会暴露/需要石头保护的东西”，这是不可言说的恐怖的无处不在，策兰必须沉入语言深处，去那伟大的希伯来传统的寂静之所，寻找可资命名之物和栖身之所。

《数杏仁》，诗人对母亲讲话——

数杏仁，
数出让你失眠的苦杏仁，
把我算进去：

---

① 参见《曼德尔施塔姆随笔集》，40页。

我寻找你的眼睛在你睁开它们，无人理睬时，
我纺着神秘的线
你苦思冥想的露水从线上
滴进那些大罐子
它们由任何人的心都不得其门而入的字守卫。

唯有那儿你完全进入属于你的名字，
迈着自信的步伐走进你自己，
钟锤在你沉默的大钟内自由摆动，
你听到的感动了你，
那死去的也伸出手臂拥抱你，
你们三个穿过夜晚。

把我变成苦的。
把我算在这堆杏仁里。

文字有着奇异的力量。当你的亲人离世，你将汹涌的悲痛诉诸文字，心就慢慢平复了，仿佛词语成了悲痛的容器，得以安放。对于死去的母亲，《冬天》《黑雪花》等，远不能平息策兰的悲痛：母亲还没有栖身之所。犹太人在空中掘墓穴（《死亡赋格》），空中的墓穴是虚无的。埋在大地下的犹太人，没有名字，没有墓碑，灵魂没有皈依之所。德国的大地和天空，都没有母亲的灵魂的容身之所，唯有深入语言深处。“诗人要把自己算进去的杏仁，让人想起她烘烤糕点时放在里面的杏仁，还有吟唱锡安寡居女子的意第绪摇篮曲‘葡萄干与杏仁’，那是高尔费登轻歌剧《舒拉密》里唱过的歌。杏树在以色列最早开花，产出的杏仁有甜有苦，其椭圆形状很像地中海东部地区累范特人的眼睛，在策兰看来，杏仁代表犹太意识。以色列人在荒野中使用的烛台，往往都有杏树开花的图案（《出埃及记》25：33），亚伦的杖也结出熟杏（《民数记》17：23），先知耶米利蒙神传召，拿‘杏枝’这个字眼做双关词，证明神会‘留意保守我的话，使得成就’（《耶米利书》1：11，12）。[1]这首诗写于1952年，策兰的脑海里也许浮现了这个双关词，给了母亲在集中营游荡的灵魂一个词，一个栖身之所：杏仁，这杏仁如放在糕点里的，在烤箱（如集中营）里也是一个“有甜”的地

① 参见《保罗·策兰传》71页，约翰·费尔斯坦纳著，李尼译，江苏人民出版社，2009年。

方。“数杏仁”（对应集中营点名、数人）由此成为犹太人的精神抵抗的象征。

《数杏仁》予人的启示是，任何一个民族，最终支撑其精神的力量来自于传统。汉语新诗的肇始是从与传统的决裂开始的，百年以来，不少杰出的诗人如卞之琳、柏桦、杨键等，深感传统的断裂如同割断了血脉，在新诗的探索之路上试着与传统再次沟通。但是诗作为语言艺术的最高形式，如果不是在词语的召唤和聚集中让它在现代语境中找到栖身之所，一切努力将归于徒劳：没有个人气息的灌注，没有当下自身命运的参与，词语就不会“醒来”并彰显它的力量。二十世纪马克思主义在世界各地的兴起，最终达成其伟大的成就，是与中国革命的实践相结合，中华民族由此在新世纪开始实现伟大的复兴，但是在文化和精神上，却与我们地传统有偏离。西方现代主义文学在中国传播，唤醒人的主体意识的同时，也放纵了“唯我主义”，当代诗人仍然有相当一部分奔走在先锋至死或拾人牙慧的路上。曼德尔施塔姆说：“与语言切断联系是与历史切断联系。基于这个理由，俄罗斯历史确实走在边缘上，走在岩架上，走在深渊上，随时都会跌入跌进虚无主义，即是说，被切断了与词语的联系。”中国当代诗人于坚也敏锐地意识到这一危险性，致力于从当下语境恢复和传统的沟通，他甚至说，古典主义就是先锋，这和曼德尔施塔姆之古典主义是革命性的说法，不谋而合。

在集中营早上点名或某一刻清点人数的虚无和恐惧中，那时“数杏仁”也就让“你”“完全进入属于你的名字”，“迈着自信的步伐走进你自己，/ 钟锤在你沉默的大钟内自由摆动，/ 你听到的感动了你，/ 那死去的也伸出手臂拥抱你，/你们三个穿过夜晚。”活着的从恐惧和绝望的沉默开口说话，死去的也和“你”拥抱，“你们三个穿过夜晚”，此“夜晚”是死亡集中营的夜晚，也是犹太人面对一片荒野和虚空的精神困境的漫漫长夜。一次语言深处的命名，由此彰显巨大的精神能量。

保罗·策兰不愧为现代主义大师们如里尔克、马拉美、瓦雷里、艾略特、斯蒂文斯等之后一位真正超越了现代主义的大师，他在从浪漫主义以降的“我”的充满表达冲动的独白形式，通过诗歌找到一个“你”，一种对话性诗学在他的创作中得到前所未有的演绎，在某种意义上堪称后现代诗学的源头。他的写作的探索和作品面对的文化气候，使他惊人地发现：美排斥真，这几乎颠覆了伟大的浪漫主义先贤济慈“美即是真，真即是美”的铮铮格言。他在弗林克书店的年鉴上说：“语言尽管在表达上有不可让与的复杂性，它孜孜以求的却还是用语精准。它不美化，不‘诗化’，它命名，推定，费尽力气要测度给予的和可能的王国。诚然，在某个特别的旨趣角度，从其自身生存角度说话，关心整体的轮廓和方位感的，总还是一个‘我’，而不是语言自身，不是投入使用中的文字。并不存在根据事实就能确认的真实，真实是要人去寻找，是要人努力争取得来的。”与之同时，他没有陶醉于《死亡赋格》获得的巨大成功，而是对它的在某种意义上与死亡集中营不协调的抒情或歌谣语调，有了自己的深刻反省，同时也意识到“诗化”和修辞会变成那些德国读者“逃离历史血腥的恐怖之室”，升入“诗歌的纯净天空”的翅膀，从而罔顾阴影和真相的存在。从诗歌的语调可以明显看出，策兰中晚期的作品的语调明显收缩了，《熄灯礼拜》的充满怨气的重话轻说，那种“小声”，恰恰具有震撼人心的力量。这是灰烬中的语言和恐怖情境的声音呈现。到《风景素描》这样的作品出现，一种在地质时空中找到的原初古朴的语气几乎贯穿他后期的作品。

策兰在诗学上予人的启示，远非区区赘述所能穷尽，他是一个值得反复深入研究的诗人。如上所说，杨子的译本又带来进入策兰的一个新维度，对照不同的译本，我能感觉出他作为诗人在翻译上的长处，尤其是面对策兰这样一位具有卓越想象力的诗人。杨子在《孤独者》一诗的处理，一下子让我记住了它。多年前我就一再翻阅策兰，这首诗从未引起我的注意，但是杨子的译本体现出的简洁，将我牢牢抓住了。《示播列》中“想起维也纳/和马德里/孪生的深红”这样的译笔令人震撼，非同样具有卓越想象力的诗人不能译出。总之，杨子的翻译精彩处甚多，余不一一，当是一个值得策兰爱好者珍爱并深入研究的版本。

译介

Translation

Adam Zagajewski

1945-2021

Poland

Poet
Essayist
Novelist

亚当·扎加耶夫斯基（Adam Zagajewski）

亚当·扎加耶夫斯基（Adam Zagajewski，1945—2021），波兰著名诗人、散文家、小说家。出生在利沃夫（今属乌克兰），毕业于雅盖隆大学哲学系，波兰“新浪潮”诗歌的代表人物。主要著作有诗集《无止境》《公报》《肉铺》《信》《尝试赞美这残缺的世界》《永恒的敌人》《无形之手》等，散文集《团结，孤独》《两座城市：论流亡、历史和想象力》《另一种美》等。曾获特朗斯特罗姆奖、诺斯达特国际文学奖、纽斯塔特国际文学奖等多项重要奖项。

真实的生活（24首）

【波兰】亚当·扎加耶夫斯基
李以亮 译

退休的二十世纪

让我们试着想象一下：
一个有点像托尔斯泰的老人，
穿过皮卡第[①]的田野，

可笑的坦克曾经
笨拙地越过
那里地上的小坡。

他还参观了
布鲁诺·舒尔茨[②]去世的城市，
或是坐在浑浊的

维斯瓦河的河岸上
那里草地散发着蒲公英、牛蒡
和记忆温暖的味道。

他很沉默，很少微笑。
医生强烈建议他
要尽量避免冲动。

他说我学会了一件事。
只有怜悯——
为人类、动物、树木和艺术而创作。

只有怜悯，
总是迟到。

①皮卡第（Pikardii），法国北部的一个大区。

②布鲁诺·舒尔茨（Bruno Schulz 1892—1942），波兰犹太作家、艺术家。

德罗特宁霍尔摩宫①

一幅多年前的照片——父母
在斯德哥尔摩附近
德罗特宁霍尔摩宫前。
我想那是九月，
一个告别和狂喜的月份。

父亲打着领带
妈妈披着围巾
（1968年前的优雅）。
他们凝神看着我
亲切，关心。

在他们头顶，
淡漠的蓝色的云
还有一点阳光
照亮游客的剪影
也许还想照进他们的内心。

①德罗特宁霍尔摩（Drottningholm）皇宫始建于1537年，大部分建筑物为巴罗克式风格。现为瑞典皇家学院所在地。

大诗人芭蕉上路了

经过长时间的准备
大诗人芭蕉[①]上路了。
第一天就发生了这样的事：
路过一个被父母遗弃的
哭泣的婴儿。
他把他们留在那儿，在道路旁边，
因为，他说，这是上天的旨意。

他继续向北而行，朝着雪地
朝着隐藏的、未知的东西走去。
不完美的城市噪音慢慢消失，
只有溪流胡乱低语
白云在虚无中嬉戏。
他听见鸢尾花歌唱，轻柔，
不确定，像祈祷，像哭泣。

①指日本江户时代俳句大师松尾芭蕉（Basho Matsuo 1644—1694）。芭蕉被尊为日本俳圣，列三大古典俳人之首。

阿孔斯卡7号[①]

乔德科娃夫人曾经很漂亮，如今垂垂老矣，
逐渐发展成多发性硬化症。
扎瓦兹基成为了波兰议会议员
但我们没有太当真。
沃伊泰克·普佐尼亚克[②]住在一楼
我在他对面，听着收音机。

我正在读《格兰特船长的儿女们》[③]。
我喜欢帕加内拉教授。

乔德科先生有一条可拆开的纱布，来自战时
（德国国防军）；汽油味
对于我似乎很有吸引力。
我以为那就是旅行的味道。

几个月过去了
小心地说英语。
冬天和夏天的街道
仿佛复活节岛上的
雕像一样静止
只朝着一个方向。

①阿孔斯卡7号在格里威策，是作者童年和少年时期生活的地方。

②沃伊泰克·普佐尼亚克（Wojtek Pszoniak），作者年轻时候的友人，后成为波兰著名演员。

③法国著名的科幻小说家儒勒·凡尔纳的作品。

布基伍基①

你从隔壁房间打来电话
你问如何拼写布基伍基。
我立刻想到这是多么幸运
没有战争
没有大火吞噬
我们城市的历史遗迹
和我们的身体与住所

河水没有上涨
没有人被逮捕
在我们的朋友中间
谈论的是布基伍基
我松了一口气

就像他们那样我说
只有布基伍基

①布基伍基（boogie-woogie），指一种舞蹈或者伴舞音乐，流行于法国、意大利等地。

利沃夫的雨

它落在瓦维尔的龙身上
落在巨人的骨头上
——塔德乌什·鲁热维奇《克拉科夫的雨》

亚美尼亚大教堂在下雨
还有圣朱拉教堂
歌剧院和其他黑色建筑。
群山消失在雾中。

奥斯塔普·奥特温[①]，他
是一个高贵的人。
（斯坦尼斯瓦夫·布热佐佐夫斯基[②]为之辩护）。
盖世太保
在大街上开枪。

文明——最多五个音节。
痛苦——只有一个。
在伦敦，我看到了范艾克的自画像。
铭文为“Als ich kann”——即
“尽我所能”——而这不是自拍。

一家苏格兰咖啡馆外正在下雨。
还有卡泽瓦尔德
高高的城堡
和犹太教堂。

这座城市，就像罗马
坐落在七座小山上
带着权杖和苹果
变得又平又小。

电车轮子在狭窄的
轨道上相撞。
我们都哭了
路人和游客
赢家和输家。

①奥斯塔普·奥特温（Ostap Ortwin），波兰记者、文学批评家。

②斯坦尼斯瓦夫·布热佐佐夫斯基（Stanisław Brzozowski 1878—1911），波兰哲学家。

启　蒙

诗歌是文明的童年，
启蒙运动的哲学家们说
还有我们的波兰教授，他高而瘦
像一个感叹号，失去了信心。

我当时不知该如何回答，
我还只是一个孩子，
但在我看来，我想

在诗中找到智慧（永不放弃）
也想找到某种平静的疯狂。
很久以后，我发现了片刻的快乐
和一种黑色的幸福的忧郁。

桑博尔

我们飞快地穿过
桑博尔河，五分钟就够了。

我的母亲在这里，
我想，一直到高中毕业。

那是黄昏
没有出殡的队列。

只有一匹小马在路上舞蹈，
然而，并没有离开母马；

自由是甜蜜的，
母亲的亲密也是如此。

越过田野和森林
是一片灰色的寂静。

还有桑博尔小镇
再次被遗忘。

冬日的黎明

冬日的黎明
出租车将你送达机场
（又一个节日）。
你还记得吗？失眠，
就住在这里，在隔壁，
安杰伊·布尔萨[①]曾在此生活，
他写道：诗人为数百万人受苦。

公交站仍然天黑。
有几个人在寒冷中蜷缩，
你看到他们，你想，幸运的人，
他们只为自己受苦。

①安杰伊·布尔萨（Andrzej Bursa 1932—1957），波兰著名诗人、作家。

无花果

无花果是甜的，但不会长久。
它们在运输中被浪费了时间。
店主如是说。
他的妻子补充道，就像亲吻，
她是一个驼背的老妇人，有一双幸福的眼睛。

这就是为什么

这就是为什么我漫步在这些大厅里
这些伟大的博物馆
世界的图像
大卫是无辜的
歌利亚该死
伦勃朗的画布上有一片永恒的黑暗
焦虑和专注的黑暗
我从一个展览间走到另一个展览间
我欣赏愤世嫉俗的红衣主教的肖像
罗马紫色的
狂喜的农民的婚礼
玩着纸牌或骰子的狂热玩家
我观看战斗中的水手与和解的时刻
这就是为什么我走在这些大厅里

这些著名的博物馆这些天堂般的宫殿
我试图理解以撒的牺牲
玛丽的悲伤以及塞纳河上明亮的天空
我总是回到大都市的街道上
疯狂持续的地方，痛苦和欢笑——
而绘画却还没有出现

门闩

我的祖父教德语
在利沃夫大学——早上八点。
有不少学生迟到。
查尔斯爷爷，一位纪律严明的人，
把门闩插到门框上
八点一过
房子是密封的。

他们睡得很好，睡得很长，
他们不知道这座城市将不复存在
随着结束一切的门闩，
有人被驱逐、被处决，有人哭喊，
总有一天，这门闩也会变成
田园诗般的记忆，
赫拉克勒斯[1]的胸针，宝藏。

①赫拉克勒斯，又译海克力士，希腊神话里的宙斯之子。

卡达米利[1]

战俘营中的高乌钦斯基[2]：
前所未有的虔诚。

诗人应该做什么——
他的位置在军队，在医院，还是在世界？
来自叙利亚的难民溺死于大海
或者窒息在冰冷的卡车里。
在卡达米利的道路上有一只死猫。
（我几乎不可避免地碰到了它）
——而我为什么要为它感到难过，
就像我失去了一个亲近的人。
我们很安全，很隐蔽。
在混凝土盒子里，在恐惧中。
北风吹来，温暖和煦，
无花果落在大地裂开的嘴唇上。

①卡达米利，希腊南部城市。
②康·伊·高乌钦斯基（1905—1953），波兰诗人。

查　理

——纪念C.K.威廉姆斯[①]

查理在纽约曾说：
我们会成为朋友——我们是朋友
已经三十年。

他有时会急躁，但能控制自己。
他知道只有温柔能沟通彼此。
他身材高大，有一张西班牙贵族的脸。

他每天上午去工作室。
像葡萄园里的工人
用想象的剪刀武装自己。

他写得很慢，反复修改。

诗歌——从句法严密的散文中
获得愉悦的统治。

乍看起来，也许并不富有诗意
他的父亲销售冰箱和电视。
但来了一位信使，轻声细语。

在卢卡附近的暑假，他第一个告别
在花园，他穿着来自摩洛哥的白色衣袍，
在一部黑色的电脑前工作。

他的祖母曾经告诉他，她来自奥地利，
但她出生在利沃夫，在定居爱丽丝岛②之前，
她的名字叫格拉波维茨卡。

友谊是不朽的，无需
多言。耐心而冷静。
友谊是爱的散文。

去世前四天，他躺在床上，瘦得
像奥斯维辛集中营的囚犯，有着一双黑色的大眼睛。
他在等待解放。

①C.K.威廉姆斯（C. K. Williams 1936—2015），美国诗人。作者友人。

②爱丽丝岛，位于纽约东河与哈德逊河交汇处，自由女神国家纪念地的一部分。

柽柳盛开的地方

你不想下海
在柽柳开花的地方。
你说，这海滩很受欢迎。

诚然，游人不少。
有人在听响亮的音乐，
领养老金的本地人在打牌，
夕阳就要落山。
然而，应该指出的是
这里盛开着柽柳，
非常精致、优雅，
而碧绿的大海统治一切，
无限，总有更大的希望。
我游了很久。
从浴池起身时我看到
一只戏水的斑鸠
从水坑里喝水。
我想，这就是
和平的象征。

安德烈·弗雷诺德①

在利沃夫讲学一年。
战后住在巴黎勃艮第街，

一条狭窄的街道，安静，适合诗人
和安静的资产阶级。

我喜欢他的诗，
《三位国王》及其他，

比如《待售的房子》
口头是这样

（兹比格涅夫·赫伯特译本）：
“这里住着许多热爱生活的人”——结尾：

“我们正打开窗户……换个标志牌。
进来一个男人，嗅了嗅，然后重新开始。”

他住在巴黎一个古旧的
公寓里，镶木地板吱吱作响，

房门上没有把手，只有按钮，
被那些“重新开始”的人，

和那些“曾经爱过”的人的手指
触摸得像镜子一样锃亮、光滑。

①安德烈·弗雷诺德（André Frenaud 1907—1973），法国诗人。

星期日

请你每个星期天
十一点去教堂，
穿上干净的衬衫，
或精心熨烫的衣服。
去吧，教堂在等你。

还有下巴肥胖的神父。
他会布道很长时间，
以一种无法形容的优越语气
教你应该怎么想、怎么做。

神在别处，在别处。
我们一无所知。我们生活在黑暗里。
神在别处，在别处。

在车库

当你进入这个
空车库的时候
喇叭突然响了
像是第五交响曲
很显然
有欢乐也有死亡
还有疯狂的苍蝇
在桌子上方盘旋
而你们刚才
还都坐在那里
平静地交谈

埃兹拉·庞德

军用飞机
把他从一个监狱转移到另一个监狱

他神情漠然

然而在飞越大西洋时
旭日如一只红色大球
出现在天空
他跳起狂喜的舞蹈
迎接光明

也许你会认为
他的标新立异之说
这一次被证明
是完美无缺的

让·埃默里①

这是一个脆弱的人，和其他人一样

图书馆常客，博学，自学成才

他讨厌身体的暴力

在每一张合影中，他都是唯一
穿戴最精致的人；举止缓慢
仿佛从照片中缓缓走出

一百年后他不会在那里了

在巴约讷②监狱
他试图理解量子力学

在布林登克③要塞他遭受酷刑

他一生都在试图理解酷刑

在这个领域他也是自学成才

我们不知道如何成为受害者
或者刽子手

其他一切就很简单。
（或者说更容易）

①让·埃默里（Jean Améry 1912—1978），奥地利随笔家，作品以揭示纳粹集中营的罪恶著名。他去世后，设立了以他的名字命名的欧洲随笔写作奖。扎加耶夫斯基生前曾获得这一奖项。

②巴约讷（Bayonne），法国西南部城市，位于阿杜尔河下游，临

比斯开湾。

③布林登克（Breendonk），在比利时，布林登克要塞始建于12世纪，二战中纳粹曾在此建立集中营。

贝乌热茨①

夏天已经过去，秋天还没有开始。
多么美好的一天，森林里的黑莓

如无声电影里女人的嘴唇一样黑。
那就是你看到贝乌热茨的时候。

剩下的只有灰烬和遗憾，等待答案的
沉默和困倦的居民。

他们还在等待。
黑莓越来越黑。

黑色是阴影，是空洞。
黑色是燃烧过的爱。

①贝乌热茨（Bełżec），波兰城市，位于卢布林东南部，二战中纳粹曾在此建立死亡集中营。

伦勃朗，1629年自画像

在乌云般的黑发下
白色的蕾丝衣领
扎进衣服的深渊
嘴唇张开
年轻的脸上

一切都有可能
有对生活的恐惧
和对胜利的把握
（我们知道这胜利
多么富于欺骗性）

木 兰 花

这一刻
黑猫还在
我的腿上沉睡
恬然，安心
科恰诺夫斯基街上
木兰花盛开
弗兰兹·舒伯特仍然活着
还有一支鞑靼箭
绕过马里亚卡塔
（但不会有你喜欢的号声
和蜂群）

十 一 月

你站在一所音乐学校门外
你听到了新一代
在练习
你听到了
成长
和各种各样的承诺

城市仍在疑惑
专注，警车尖叫

植物园与证券交易所

你继续走在一条没有尽头的街道

小规模的战斗和谈判
仍在进行
阴沉的十一月是沉思的日子

在幽暗的小巷里
来自乌克兰的手风琴手
演奏着托卡塔和赋格曲

一百年过去了
我们等待着
第二个百年

夜晚和烟花
以及难民
在多嶙峋的海滩上降落
阿芙罗狄特
平静地穿过
葡萄酒一样暗黑的海浪

购物中心在哪里
人们喜欢走路
左右

我们仍然不知道奥维德为什么被流放
他来自罗马，为什么是罗马
他什么都忘了
我们为什么忘记了
一切

图书在版编目（CIP）数据

诗建设. 2022 年. 第二卷 / 泉子主编. --武汉：长江文艺出版社，2022. 9
ISBN 978-7-5702-2822-5

Ⅰ. ①诗… Ⅱ. ①泉… Ⅲ. ①诗集－中国－当代 Ⅳ. ①I227

中国版本图书馆 CIP 数据核字(2022)第 122971 号

主　　编：泉　子　　副 主 编：江　离　胡　人　飞　廉
责任编辑：王成晨　石　忆　　责任校对：毛季慧
装帧设计：杜　娟　　责任印制：邱　莉　王光兴

出版：长江出版传媒 | 长江文艺出版社
地址：武汉市雄楚大街 268 号　　邮编：430070
发行：长江文艺出版社
http://www.cjlap.com
印刷：武汉市籍缘印刷厂

开本：720 毫米×1020 毫米　1/16　印张：13　插页：2 页
版次：2022 年 9 月第 1 版　　2022 年 9 月第 1 次印刷
行数：4478 行

定价：36.00 元

版权所有，盗版必究（举报电话：027—87679308　87679310）
（图书出现印装问题，本社负责调换）